LA IMPORTANCIA DE LLAMARSE ERNESTO

Oscar Wilde

toExcel
San Jose New York Lincoln Shanghai

La Importancia de Llamarse Ernesto

This edition republished by arrangement with toExcel Press,
an imprint of iUniverse.com, Inc.

For information address:
iUniverse.com, Inc.
620 North 48th Street
Suite 201
Lincoln, NE 68504-3467
www.iu niverse.com

ISBN: 1-58348-822-7

INTRODUCCIÓN

El dramaturgo y poeta irlandés Oscar Wilde (1854-1900) nació en Dublín. Hijo de un médico y de madre escritora, la educación de Oscar tuvo matices muy peculiares, pues desde muy niño asistió a las tertulias literarias que Speranza Wilde organizaba y dirigía en la capital de Irlanda. Pronto brilló por su ingenio, llegando a ser el "número fuerte" de muchas reuniones de artistas y literatos. Esto no fue suficiente para que sus primeros versos recibieran mala acogida. Cuando viajó a Londres por vez primera (1878), ya era conocido en los círculos siendo objeto de caricaturas en distintos medios. Su incursión primeriza en el teatro, con *Vera o los nihilistas* (1880) tampoco consiguió lanzarlo al éxito.

Dos años después viajó a Estados Unidos, con objeto de impartir algunas conferencias sobre estética, si bien se convirtió en embajador de sí mismo y de sus extravagancias, como la de declarar en la Aduana que lo único de valor que llevaba era su genio, o la de vestir unos sutiles pantalones cortos de seda en lugares públicos. De las cataratas de Niágara dijo que su belleza aumentaría si el agua invirtiese su caída, haciéndolo de abajo arriba. Allí tomó conocimiento con el poeta Walt Whitman y de regreso a Londres, ya la fama de persona equívoca le abrió todas las puertas, unas por simple curiosidad y otras atraídas por el encanto personal del personaje que dio en asumir. Antes de contraer matrimonio con Constance Lloyd (1884), viajó a París y conoció a Balzac. Además de copiarle la bata blanca que el autor francés vestía para escribir, Oscar Wilde bebió el argumento de *La duquesa de Padua* (1883) y comenzó *La esfinge*, largo poema que culminaría el año de su boda. A partir de entonces la actividad literaria del poeta se hizo intensa y regular, volcando toda su creación en defensa de un esteticismo exacerbado. De esta entrega nació *El retrato de Dorian Gray*, publicada en 1891, novela que le acarrearía serias complicaciones vitales, algunas de ellas de la mano del joven Alfred Douglas.

Siguió el estreno de *El abanico de lady Windermere*, y poco después *Una mujer sin importancia* y la censurada *Salomé*, empezada en París bajo la influencia de Mauricio Maeterlinck. Entonces se produjo la visita a Wilde del marqués de Queensberry, padre del joven Alfred Douglas, cuyas relaciones homosexuales quiso cortar a rajatabla. La publicación de un desenfadado poema titulado *Dos amores* por parte de Alfred, desató el escándalo y Oscar Wilde no tuvo otra iniciativa mejor que denunciar al marqués por difamación: el señor de Queensberry había acusado al escritor de homosexual. Oscar Wilde perdió el proceso y fue condenado a dos años de trabajos forzados, quedando moral y físicamente arruinado. Su única salida fue, más tarde, instalarse en Francia. Después publicaría *Balada de la cárcel de Reading, Tragedia florentina* y... poco más. Murió en París y, trasladado al cementerio Père Lachaise, aún reposan sus restos bajo un monumento fúnebre que hiciera Epstein en su homenaje.

La importancia de llamarse Ernesto, obra estrenada en Londres (1895), obtuvo gran éxito desde aquel momento, llegándose a decir que nunca Inglaterra había reído tanto con una comedia. El enredo debe entenderse en el equívoco debido al doble significado del vocablo inglés "Earnest", que hace referencia a ese nombre, Ernesto, y a *serio*. De esta forma el título bien podría traducirse como *La importancia de ser serio*, última frase del libreto. El auténtico valor de la trama descansa en el intraducible humor de los diálogos y de los hechos relatados, cuya agudeza ha hecho que sea una de las obras más representadas en el mundo.

LA IMPORTANCIA DE LLAMARSE ERNESTO

PERSONAJES
[Por oden de intervención]

ALGERNON MONCRIEFF
LANE - Sirviente
JOHN WORTHING
LADY BARCKNELL
GWENDOLEN FAIRFAX
SEÑORITA PRISM - Institutriz
CECILY CARDEW
REVERENDO CHAUSABLE
MERRIMAN - Mayordomo

ACTO PRIMERO

La escena representa una habitación —lujosa y bien amueblada— de la vivienda de ALGERNON en la calle Half-Moon londinense. La acción transcurre en época actual y, al subir el telón, se oye una melodía al piano, procedente de la habitación contigua. LANE sirve el té. Cesa la música y aparece ALGERNON.

ALGERNON
¿Has oído lo que estaba tocando, Lane?

LANE
No creo que sea de buena educación escuchar, señor.

ALGERNON
Lo siento por ti. No toco muy bien..., todo el mundo puede tocar bien..., pero yo lo hago con una expresión

envidiable. En lo que se refiere al piano, el sentimiento es mi fuerte. Reservo la ciencia para la vida.

LANE

Sí, señor.

ALGERNON

Y, hablando de la ciencia de la vida: ¿has preparado los bocadillos de pepinillo para lady Bracknell?

LANE

Sí, señor. *(Se los muestra en una bandeja.)*

ALGERNON

(Los examina, toma un par de ellos, sentándose en el sofá.) A propósito, Lane: he visto en tu diario que el jueves, cuando los señores Shoreman y Worthing cenaron conmigo, anotase que se habían consumido ocho botellas de champán.

LANE

Sí, señor: ocho botellas y una pinta.

ALGERNON

¿Por qué será que en la casa de un soltero son siempre los criados los que se beben el champán? Lo pregunto sólo por curiosidad.

LANE

Yo lo atribuyo a la excelente calidad del vino, señor. He observado con frecuencia que en las casas de los señores casados el champán pocas veces es de primera calidad.

ALGERNON

¡Cielo santo! ¿Es tan inhumano el matrimonio?

LANE

Creo que es un estado muy agradable, señor. Hasta ahora tengo muy poca experiencia. Sólo he estado casado una vez. Fue a causa de un malentendido entre una joven y yo.

ALGERNON

(Lánguido.) No estoy muy interesado en tu vida familiar, Lane.

LANE

No, señor; no es un asunto muy interesante. Yo nunca pienso en ella.

ALGERNON

Es muy natural. Eso es todo, Lane. Gracias.

LANE

Gracias, señor. *(LANE se va.)*

ALGERNON

Los puntos de vista de Lane acerca del matrimonio parecen algo flojos. Claro que, si las clases bajas no dan buen ejemplo, ¿para qué diablos están? Como clase social, parece que no tienen el más mínimo sentido de la responsabilidad moral. *(Entra LANE.)*

LANE

El señor Ernesto Worthing. (*Entra JOHN WORTHING. LANE se va.*)

ALGERNON

¿Cómo estás, querido Ernesto? ¿Qué te trae a Londres?

JOHN

¡Ah! ¡El placer, el placer! ¿Qué otra cosa podría ser? Ya veo que estás comiendo, como de costumbre.

ALGERNON

(Muy serio.) Creo que es costumbre en la buena sociedad tomar un ligero refrigerio a las cinco. ¿Dónde has estado desde el jueves pasado?

JOHN

(Acomodándose.) En el campo.

ALGERNON

¿Y qué diablos haces allí?

JOHN

(Quitándose los guantes.) Cuando uno está en la ciudad, se divierte. Cuando uno está en el campo, divierte a los demás, lo cual es bastante aburrido.

ALGERNON

¿Y quiénes son esos otros a los que diviertes?

JOHN

(Con viveza.) ¡Oh! Vecinos, simples vecinos.

ALGERNON

Así que tienes buenos vecinos en Shropshire, ¿eh?

JOHN

¡Perfectamente horribles! Jamás hablo con ninguno.

ALGERNON

¡Pues cuánto debes divertirlos! *(Se levanta y toma*

un bocadillo.) A propósito, tú naciste en Shropshire, ¿verdad?

JOHN

¿Shropshire? Sí, desde luego. ¡Vaya! ¿Por qué todas estas tazas? ¿Por qué estos bocadillos de pepino? ¿Por qué tanto derroche en un hombre tan sobrio como tú? ¿Quién va a venir a tomar el té?

ALGERNON

Simplemente, mi tía Augusta y Gwendolen.

JOHN

¡Qué bien!

ALGERNON

Sí, todo está muy bien; pero sospecho que tía Augusta no apruebe el que tú estés aquí.

JOHN

¿Puedo preguntar por qué?

ALGERNON

Querido amigo, la forma que tienes de coquetear con Gwendolen es vergonzosa. Casi tanto como la forma que Gwendolen tiene de coquetear contigo.

JOHN

Amo a Gwendolen. He venido a Londres expresamente para declararme.

ALGERNON

Creí que habías venido buscando placer. Yo a esto lo llamo negocios.

JOHN

¡Qué poco romántico eres!

ALGERNON

Ciertamente no veo nada romántico en declararse. Estar enamorado es muy romántico Pero no hay nada romántico en una declaracion definitiva. Hasta le pueden decir a uno que sí. Y creo que casi siempre ocurre de esa forma. Entonces termina la pasión. La verdadera naturaleza del romanticismo es la incertidumbre. Si alguna vez me caso procuraré olvidar el hecho.

JOHN

No me cabe duda de eso, amigo Algy. El divorcio fue inventado especialmente para las personas cuya memoria está tan curiosamente formada.

ALGERNON

Es inútil discutir sobre este tema. Los divorcios se llevan a cabo en el cielo... *(JOHN hace ademán de tomar un bocadillo. ALGERNON se interpone rápidamente.)* Por favor, no toques los bocadillos de pepino. Están preparados especialmente para tía Augusta. *(Toma uno y se lo come.)*

JOHN

¡Pero si tú has estado comiéndotelos todo el rato!

ALGERNON

Es completamente diferente. Es mi tía. *(Coge el plato de debajo.)* Come pan con mantequilla. El pan y la mantequilla son para Gwendolen. A ella le gusta con locura el pan con mantequilla.

JOHN

(Acercándose a la mesa y sirviéndose.) Y este pan y esta mantequilla son muy buenos.

ALGERNON

Bueno, querido amigo, no necesitas comer como si fueras a terminar con todo. Actúas como si ya estuvieras casado con ella. Y aún no lo estás, ni creo que lo estés nunca.

JOHN

¿Por qué dices eso?

ALGERNON

Bien, en primer lugar las mujeres nunca se casan con los hombres con quienes coquetean. No lo ven bien.

JOHN

¡Eso es una bobada!

ALGERNON

No lo es. Es una gran verdad, y es la causa del extraordinario número de solteros que hay en todas partes. En segundo lugar, yo no daré mi consentimiento.

JOHN

¿Tu consentimiento?

ALGERNON

Mi querido amigo, Gwendolen es mi prima carnal. Y antes de permitir que tú te cases con ella tendrás que aclararme todo el asunto de Cecily. *(Toca el timbre.)*

JOHN

¿Cecily? ¿Qué quieres decir? ¿Quién es Cecily?

No conozco a nadie que se llame Cecily. *(Entra LANE.)*

ALGERNON

Tráeme la pitillera que el señor Worthing se dejó en el salón de fumar la última vez que cenó aquí.

LANE

Si, señor. *(LANE se va.)*

JOHN

¿Quieres decir que has tenido mi pitillera todo este tiempo? ¡Bien podrías habérmelo dicho! He escrito cartas iracundas a Scotland Yard sobre este asunto. Estuve a punto de ofrecer una recompensa por su devolución.

ALGERNON

Bien, pues me gustaría que me la dieras. Estoy más falto de dinero que de costumbre.

JOHN

No estaría bien ofrecer una recompensa una vez que el objeto ha sido encontrado. *(Entra LANE con la pitillera sobre una bandeja. ALGERNON la toma inmediatamente. LANE se va.)*

ALGERNON

Debo decirte, Ernesto, que pecas de roñoso. *(Abre la pitillera y la examina.)* Sin embargo, no importa, porque ahora que veo la inscripción que hay dentro me doy cuenta de que la pitillera, después de todo, no es tuya.

JOHN

Naturalmente que es mía. *(Dirigiéndose hacia él.)* La has visto en mi mano cientos de veces, y no tienes ningún derecho a leer lo que hay escrito en la parte de dentro. No es muy digno leer la inscripción de una pitillera personal.

ALGERNON

¡Ah! Es absurdo tener reglas sobre lo que debe o no debe leerse. Más de la mitad de la cultura moderna descansa en lo que no debe leerse.

JOHN

Estoy de acuerdo con eso y no me propongo discutir sobre cultura moderna. Es de la clase de cosas de que uno no debe hablar en privado. Sólo quiero mi pitillera.

ALGERNON

Sí; pero esta pitillera no es tuya. Esta pitillera es un regalo de alguien que se llama Cecily, y tú has dicho que no conoces a nadie con ese nombre.

JOHN

Bien, si quieres saberlo, Cecily es mi tía.

ALGERNON

¿Tu tía?

JOHN

Sí. Es una señora encantadora. Vive en Tunbridge Wells. Devuélveme eso, Algy.

ALGERNON

(Escudándose detrás del sofá.) Pero ¿por qué se llama a sí misma la pequeña Cecily, si es tía tuya y vive en Tunbridge Wells? *(Leyendo.)* "De la pequeña Cecily, con el más tierno amor."

JOHN

(Dirigiéndose hacia el sofá y arrodillándose encima.) Querido amigo, ¿qué hay de raro en eso? Algunas tías son altas y otras no lo son. Eso es algo que seguramente una tía puede decidir por sí misma. ¡Parece que todas las tías deben ser exactamente como la tuya! ¡Eso es absurdo! Dame de una vez mi pitillera. *(Persigue a Algernon por toda la habitación.)*

ALGERNON

Sí. Pero entonces ¿por qué tu tía te llama tío suyo? "De la pequeña Cecily, con su más tierno amor, a su querido tío John." Admito que no hay nada extraño en que una tía sea baja; pero que una tía llame a su propio sobrino tío, no puedo entenderlo. Además, tu nombre no es John, sino Ernesto.

JOHN

No es Ernesto, sino John.

ALGERNON

Tú siempre me has dicho que era Ernesto. Te he presentado a todos como Ernesto. Respondes al nombre de Ernesto. Tienes aspecto de llamarte Ernesto. Eres la persona de aspecto más formal que he visto en mi vida. Es perfectamente absurdo decir que tu nombre no es Ernesto. Lo dicen tus tarjetas. Aquí hay una de ellas. *(Sacando una de la pitillera.)* "Ernesto Worthing, B. 4, The Albany." La conservaré como prueba de que tu nombre es Ernesto, por si alguna vez intentas negármelo a mí, a Gwendolen o a cualquier otra persona. *(Se guarda la tarjeta en el bolsillo.)*

JOHN

Bueno, mi nombre es Ernesto en Londres y John en el campo, y la pitillera me la regalaron en el campo.

ALGERNON

Sí, pero eso no explica el hecho de que tu pequeña tía Cecily, que vive en Tunbridge Wells, te llame querido tío. Vamos, amigo, lo mejor es que lo confieses todo de una vez.

JOHN

Mi querido Algy, hablas como un dentista, y es muy vulgar hablar como un dentista cuando uno no lo es. Produce una falsa impresión.

ALGERNON

Bueno, eso es justamente lo que hacen los dentistas. ¡Ahora, venga, cuéntalo todo! Puedo decirte que siempre sospeché que eras un secreto y consumado bunburysta; ahora estoy completamente seguro de ello.

JOHN

¿Bunburysta? ¿Qué demonios quiere decir bunburysta?

ALGERNON

Te revelaré el significado de esa incomparable expresión en cuanto me digas por qué eres Ernesto en Londres y John fuera de aquí.

JOHN

Bueno, pero antes dame mi pitillera.

ALGERNON

Aquí la tienes. *(Le da la pitillera.)* Ahora dame la

explicación, y procura que sea lo bastante increíble. *(Se sienta en el sofá.)*

JOHN

Querido amigo, no hay nada de increíble en mi explicación. En realidad, es muy vulgar. El viejo señor Thomas Cardew, que me adoptó cuando yo era un niño, me nombró tutor de su nieta, Cecily Cardew. Cecily, que me llama tío por motivos de un respeto que sin duda tú no puedes apreciar, vive en mi casa de campo al cuidado de su admirable institutriz, la señorita Prism.

ALGERNON

A propósito ¿dónde está tu casa de campo?

JOHN

Eso no te importa, querido amigo. No voy a invitarte. Pero sí puedo decirte que no está en Shropshire.

ALGERNON

¡Eso ya lo sopechaba yo! He bunburyzado todo Shropshire en dos ocasiones distintas. Ahora, sigue. ¿Por qué eres Ernesto en la ciudad y John en el campo?

JOHN

Mi querido Algy, no sé si serás capaz de entender mis verdaderos motivos. No eres lo bastante serio. Cuando uno tiene el cargo de tutor, debe adoptar una actitud moral muy estricta en todos los aspectos. Es un deber hacerlo así. Y como una actitud moral estricta raras veces conduce a tener felicidad y salud, para poder venir a la ciudad, siempre he fingido tener un hermano menor llamado Ernesto, que vive en Albany y que siempre sufre terribles complicaciones. Ésa, amigo Algy, es toda la pura y simple verdad.

ALGERNON

La verdad pocas veces es pura y nunca es simple. La vida moderna sería muy aburrida si la verdad fuera así, y la literatura moderna sería por entero imposible.

JOHN

Eso no estaría del todo mal.

ALGERNON

La crítica literaria no es tu fuerte, querido amigo; no intentes hacerla. Debes dejarla para los que no han ido a la universidad. En los periódicos la hacen muy bien. Realmente, tú eres un bunburysta. Tengo razón al decir que eres un bunburysta. Eres uno de los más acérrimos bunburystas que conozco.

JOHN

¿Qué narices quieres decir?

ALGERNON

Tú has inventado un hermano menor muy útil llamado Ernesto para poder venir a Londres siempre que quieras. Yo he inventado un inestimable inválido llamado Bunbury para poder ir al campo cuando me parezca. Bunbury es completamente inestimable. Si no fuera por la extraordinaria mala salud de Bunbury, yo no podría, por ejemplo, ir a cenar contigo esta noche a Willis, porque tengo un compromiso con tía Augusta desde hace más de una semana.

JOHN

¡Yo no te he invitado a cenar conmigo esta noche a ningún sitio!

ALGERNON

Ya lo sé. Eres bastante descuidado en eso de hacer invitaciones. Es una tontería por tu parte. Nada enfada tanto a alguien como no recibir invitaciones.

JOHN

Sería mejor que cenaras con tu tía Augusta.

ALGERNON

No tengo la intención de hacer tal cosa. En primer lugar cené con ella el lunes, y cenar con los parientes una vez por semana ya es mucho. En segundo lugar, cuando ceno allí me tratan como a un miembro de la familia, y siempre me hacen irme sin ninguna mujer o con dos a la vez. En tercer lugar, sé perfectamente bien junto a la persona que me colocarían esta noche: Mary Farquhar, que siempre coquetea con su propio marido hasta por debajo de la mesa. Eso no es muy agradable. En realidad, ni siquiera es decente... Y es una clase de cosas a las que la gente se acostumbra cada día más. Es perfectamente escandalosa la cantidad de mujeres que en Londres coquetear con sus propios maridos. Eso no está bien. Es exactamente como si uno llevara por fuera la ropa limpia. Además, ahora que sé que eres un verdadero bunburysta, es natural que quiera hablar contigo respecto al bunburysmo. Quiero hacerte saber las reglas por las que se rige.

JOHN

Yo no soy un bunburysta. Si Gwendolen me acepta, mataré a mi hermano. Aunque creo que lo mataré de todas formas. Cecily está demasiado interesada por él. Resulta un poco aburrido. Así pues, voy a hacer desaparecer a Ernesto. Y te aconsejo firmemente que hagas tú lo mismo con... con ese amigo tuyo inválido que tiene un nombre tan absurdo.

ALGERNON

Nada me inducirá a deshacerme de Bunbury, y si tú llegas a casarte, lo cual me parece extremadamente dudoso, te alegrarás mucho de conocer a Bunbury. Un hombre que se case sin conocer a Bunbury, siempre estará muy aburrido.

JOHN

Eso es una bobada. Si me caso con una mujer tan encantadora como Gwendolen, y si ella es la única mujer en el mundo con la que yo quisiera casarme, ciertamente no quiero conocer a Bunbury.

ALGERNON

Entonces la que querrá será tu esposa. No pareces darte cuenta de que en la vida matrimonial tres son una compañía y dos no son nadie.

JOHN

(Con énfasis.) Ésa, mi buen amigo, es la teoría que el corrupto teatro francés ha propagado durante los últimos cincuenta años.

ALGERNON

Sí, y el feliz hogar inglés la ha demostrado en la mitad de ese tiempo.

JOHN

Por amor de Dios, no te hagas el cínico. Ser cínico es demasiado fácil.

ALGERNON

Mi querido amigo, hoy día no hay nada que sea fácil. En todo hay una enorme competencia. *(Se oye el sonido de un timbre eléctrico.)* ¡Ah! Debe de ser tía

Augusta. Sólo los parientes o los cobradores llaman de esa forma. Si consigo entretenerla durante diez minutos, para que tengas oportunidad de declararte a Gwendolen, ¿podré cenar esta noche contigo en Willis?

JOHN

Supongo que sí, si de verdad quieres.

ALGERNON

Sí, pero que sea verdad. Odio a las personas que mienten en lo relativo a la comida. ¡Es una frivolidad espantosa! *(Entra LANE.)*

LANE

Lady Bracknell y la señorita Fairfax. *(ALGERNON se dirige a su encuentro. Entran LADY BRACKNELL y GWENDOLEN.)*

LADY BRACKNELL

Buenas tardes, querido Algernon; espero que estés bien.

ALGERNON

Me encuentro perfectamente, tía Augusta.

LADY BRACKNELL

Eso no es lo mismo. En realidad ambas cosas raramente van juntas. *(Ve a JOHN y le saluda con una inclinación.)*

ALGERNON

(A GWENDOLEN.) Querida, estás encantadora.

GWENDOLEN

¡Yo siempre estoy encantadora! ¿No es cierto, señor Worthing?

JOHN

Es usted perfecta, señorita Fairfax.

GWENDOLEN

¡Oh! Espero que eso no sea verdad. Eso querría decir que no puedo perfeccionarme, y yo quiero perfeccionarme en todos los sentidos. (*GWENDOLEN y JOHN se sientan juntos en un rincón.*)

LADY BRACKNELL

Siento haber llegado un poco tarde, Algernon, pero me vi obligada a ir a ver a lady Harbury. No la había visitado desde que murió su pobre esposo. Nunca he visto a una mujer tan excitada; parecía veinte años más joven. Y ahora tomaré una taza de té y uno de esos magníficos bocadillos de pepinillo que me prometiste.

ALGERNON

Ciertamente, tía Augusta. *(Va hacia la mesa.)*

LADY BRACKNELL

¿No quieres venir a sentarte aquí, Gwendolen?

GWENDOLEN

Gracias, mami, me encuentro muy a gusto donde estoy.

ALGERNON

(Tomando un plato vacío, con horror) ¡Cielo santo! ¡Lane! ¿Por qué no hay bocadillos de pepino? Te ordené que los prepararas especialmente.

LANE

(Inmutable.) No había pepinos esta mañana en el mercado, señor. Fui dos veces.

ALGERNON

¡No había pepinos!

LANE

No, señor. Ni siquiera pagándolos al contado.

ALGERNON

Muy bien, Lane; gracias.

LANE

Gracias, señor. *(Se va.)*

ALGERNON

Siento muchísimo, tía Augusta, que no hubiera pepinos, ni aun pagándolos... al contado.

LADY BRACKNELL

Realmente no importa, Algernon. He comido unas pastas con lady Harbury, que ahora me parece que vive sólo para el placer.

ALGERNON

He oído que su cabello se ha vuelto completamente rubio de dolor.

LADY BRACKNELL

Desde luego ha cambiado su color, pero el motivo no puedo decirlo. *(Algernon sirve el té.)* Gracias. Te he preparado una magnífica fiesta esta noche, Algernon. Voy a ponerte con Mary Farquhar. Es una hermosa mujer, y muy atenta con su marido. Es delicioso observarlos.

ALGERNON

Me temo, tía Augusta, que no podré tener el placer de cenar contigo esta noche.

LADY BRACKNELL

(Frunciendo el ceño.) Espero que eso no ocurra. Estropearías por completo mi mesa. Tu tío tendría que cenar arriba. Afortunadamente ya está acostumbrado.

ALGERNON

No necesito decir que esto me causa gran pesar, pero el hecho es que acabo de recibir un telegrama diciéndome que mi pobre amigo Bunbury está muy enfermo otra vez. *(Él y JOHN se miran.)* Me pide que vaya con él.

LADY BRACKNELL

Es muy extraño. Ese señor Bunbury tiene una curiosa mala salud.

ALGERNON

Sí; el pobre Bunbury está horriblemente inválido.

LADY BRACKNELL

Bueno, Algernon, creo que ya es hora de que el señor Bunbury decida entre si va a vivir o a morirse. Esa indecisión es absurda. Además, no apruebo en ningún caso la simpatía que ahora se tiene a los inválidos. Lo considero indecente. La enfermedad sea cual sea, no es cosa que deba ser alentada. La salud es el primer deber de la vida. Yo siempre se lo digo a tu pobre tío, pero él no parece darse mucha cuenta... Te quedaría muy reconocida si dijeras al señor Bunbury de mi parte que no sufra una recaída el sabado, porque he puesto en tus manos la preparación de mi concierto. Es mi última recepción, y quiero alguien que anime las conversaciones, especialmente a final de temporada, cuando ya todos han dicho lo que tenían que decir, lo cual, como suele ocurrir, no es mucho.

ALGERNON

Se lo diré a Bunbury, tía Augusta, si es que aún puede oírme, y creo que puedo prometerte que estará bien el sábado. Desde luego, el concierto es algo que presenta gran dificultad. Si uno toca buena música, la gente no la escucha, y si toca mala música, la gente no habla. Pero te enseñaré el programa que he confeccionado, si tienes la amabilidad de venir un momento conmigo a la habitación de al lado.

LADY BRACKNELL

Gracias. Algernon. Eres muy amable. *(Levantándose y siguiendo a ALGERNON.)* Estoy segura de que el programa será delicioso, después de alguna modificación. Las canciones francesas no las podemos permitir. La gente siempre parece creer que son impropias, y hasta se disgustan, lo cual es vulgar, o se ríen, que es peor: Pero el alemán parece un idioma respetable, y en verdad creo que lo es. Gwendolen, ¿me acompañas?

GWENDOLEN

Desde luego, mamá. *(LADY BRACKNELL y ALGERNON se van al salón de música. GWENDOLEN se queda atrás.)*

JOHN

Hace un día encantador, señorita Fairfax.

GWENDOLEN

Le ruego que no me hable del tiempo, señor Worthing. Siempre que alguien me habla del tiempo me parece que quieren decir otra cosa. Y eso me pone nerviosa.

JOHN

Yo quiero decir otra cosa.

GWENDOLEN

Eso pensé yo, y no suelo equivocarme.

JOHN

Me aprovecharé de la ausencia temporal de lady Bracknell...

GWENDOLEN

Debo avisarle de que mamá tiene por costumbre entrar de improviso en las habitaciones, hasta tal punto que a veces me he visto obligada a decírselo.

JOHN

(Visiblemente nervioso.) Señorita Fairfax, desde que la vi por primera vez la admiré más que a cualquier otra muchacha... Desde que la conocí... la conocí...

GWENDOLEN

Sí, estoy bien segura de eso. Y muchas veces he deseado que me lo demostrara, al menos en público. Usted siempre ha ejercido sobre mí una gran fascinación. Aun antes de conocerle ya no me era indiferente. *(JOHN la mira asombrado.)* Vivimos como usted debe de saber, señor Worthing, en una época de ideales. Eso lo dicen constantemente las revistas más caras, y según creo ha llegado a saberse hasta en provincias. Pues bien, mi sueño fue siempre enamorarme de alguien que se llamara Ernesto. En el momento en que Algernon me dijo que tenía un amigo llamado Ernesto, supe que estaba predestinada a amarle.

JOHN
¿Me ama de verdad, Gwendolen?

GWENDOLEN
¡Con pasión!

JOHN
¡Querida mía! No sabe lo feliz que me hace.

GWENDOLEN
¡Mi Ernesto!

JOHN
Pero ¿quiere decir que no me amaría si mi nombre no fuera Ernesto?

GWENDOLEN
Pero su nombre es Ernesto, ¿no?

JOHN
Sí, lo sé. Pero suponiendo que fuera otro cualquiera, ¿no me amaría entonces?

GWENDOLEN
(En tono voluble.)
¡Ah! Eso es una especulación metafísica, y como casi todas las especulaciones metafísicas, tiene muy poco que ver con los hechos de la vida real.

JOHN
Personalmente, vida mía, puedo decir que no me preocupa llamarme Ernesto...
No creo que sea un nombre que me siente muy bien.

GWENDOLEN

Le sienta perfectamente. Es un nombre divino. Tiene música propia. Produce vibraciones.

JOHN

Bueno, Gwendolen, creo que hay muchos otros nombres muy bonitos. Creo que John, por ejemplo, es un nombre encantador.

GWENDOLEN

¿John?... No; John es un nombre con poca música, si es que tiene alguna. No emociona. No produce absolutamente ninguna vibración... He conocido a varios John, y todos, sin excepción, eran más feos de lo usual.

Además, John es un nombre corriente entre los criados. Compadezco a la mujer que se case con un hombre llamado John. Probablemente nunca podrá conocer el extraordinario placer de un momento de soledad. Realmente, el único nombre que ofrece seguridad es Ernesto.

JOHN

Gwendolen, debo bautizarme inmediatamente... Quiero decir que debemos casarnos inmediatamente.

No hay tiempo que perder.

GWENDOLEN

¿Casarnos, señor Worthing?

JOHN

(Atónito.) Bueno..., eso creo. Sabe que la amo, y usted no me ha hecho creer que no le soy indiferente.

GWENDOLEN

Le adoro. Pero usted aún no se ha declarado. No hemos hablado nada de matrimonio. El asunto aun no ha sido tocado.

JOHN

Bueno... ¿Puedo declararme ahora?

GWENDOLEN

Creo que sería una admirable iniciativa. Y para evitarle cualquier posible desencanto, señor Worthing, creo que debo decirle francamente que estoy decidida a decirle que sí.

JOHN

¡Gwendolen!

GWENDOLEN

Sí, señor Worthing, ¿qué tiene usted que decirme?

JOHN

Usted sabe bien lo que tengo que decirle.

GWENDOLEN

Sí, pero usted no lo ha dicho.

JOHN

Gwendolen, ¿quiere usted casarse conmigo? (*Se pone de rodillas.)*

GWENDOLEN

Naturalmente que quiero, amor mío. ¡Cuanto ha tardado en decirlo! Creo que tiene poca experiencia en estos asuntos.

JOHN

Vida mía, nunca he amado a ninguna mujer excepto a usted.

GWENDOLEN

Sí, pero los hombres suelen declararse para practicar. Sé que mi hermano Garald lo hace. Todas mis amigas me lo han dicho. ¡Qué maravillosos ojos azules tiene usted, Ernesto! Son completamente, completamente azules! Espero que me mire usted siempre así, sobre todo cuando haya alguien delante. *(Entra LADY BRACKNELL.)*

LADY BRACKNELL

¡Señor Worthing! Levántese usted, hombre, de esa postura semitumbada. Es de lo más incómoda, además.

GWENDOLEN

¡Mamá! *(Él intenta levantarse. Ella lo detiene.)* Te ruego que te retires. Éste no es sitio para ti. Además, el señor Worthing no ha terminado aún.

LADY BRACKNELL

¿No ha terminado? ¿Qué es lo que no ha terminado, si puede saberse?

GWENDOLEN

Me he prometido con el señor Worthing, mamá. *(Se levantan los dos.)*

LADY BRACKNELL

Perdona, pero tú no estás prometida con nadie. Cuando estés prometida con alguien, yo o tu padre, si su salud se lo permite, te informaremos del hecho.

Un compromiso es algo que debe proponerse a una joven como sorpresa, agradable o desagradable, según el caso. No es un asunto que pueda permitírsele arreglar por sí misma... Y ahora tengo que hacerle unas cuantas preguntas, señor Worthing. Mientras se las hago, tú, Gwendolen, espérame abajo en el coche.

GWENDOLEN
(En tono de reproche.) ¡Mamá!

LADY BRACKNELL
¡En el coche, Gwendolen! *(GWENDOLEN va hacia la puerta. Ella y JOHN se tiran besos a espaldas de lady Bracknell, quien mira vagamente como si quisiera saber de dónde proviene el ruido. Finalmente se vuelve.)* ¡Gwendolen, al coche!

GWENDOLEN
Sí, mamá. *(Sale mirando a JOHN.)*

LADY BRACKNELL
(Sentándose.) Puede usted tomar asiento, señor Worthing. *(Saca de su bolsillo un cuadernito y un lápiz.)*

JOHN
Gracias, lady Bracknell, prefiero estar en pie.

LADY BRACKNELL
(Lápiz y cuaderno en mano.) Me creo en la obligación de decirle que usted no está en mi lista de jóvenes elegibles, aunque tengo la misma lista que la duquesa de Bolton. Siempre trabajamos juntas en estas ocasiones. Sin embargo, estoy dispuesta a incluir su

nombre si sus contestaciones son realmente satisfactorias para una madre que tiene verdadero afecto a su hija. ¿Fuma usted?

JOHN

Bueno, sí, debo admitir que fumo.

LADY BRACKNELL

Me alegro de saberlo. Un hombre siempre tiene que tener una ocupación, sea cual fuere. Hay demasiados hombres desempleados en Londres. ¿Qué edad tiene usted?

JOHN

Veintinueve años.

LADY BRACKNELL

Una edad muy aceptable para casarse. Siempre he dicho que un hombre que desea casarse debe saberlo todo o no saber nada. ¿Qué sabe usted?

JOHN

(Después de alguna vacilación.) Yo no sé nada, lady Bracknell.

LADY BRACKNELL

Me alegro de oír eso. No apruebo la menor traba de la ignorancia natural. La ignorancia es como un delicado fruto exótico: si se le toca, se caen las flores. Toda la teoría de la educación moderna es completamente falsa. Por suerte, al menos en Inglaterra, la educación no produce efecto alguno. De lo contrario, sería un serio peligro para las clases altas y probablemente daría lugar a actos de violencia en Grosvenor Square. ¿Cuál es su renta?

JOHN

Alrededor de siete u ocho mil libras al año.

LADY BRACKNELL

(Toma nota en su cuadernillo.) ¿En tierras o en inversiones?

JOHN

En inversiones sobre todo.

LADY BRACKNELL

Eso está bien. Entre los deberes que nos esperan durante la vida y los deberes que nos esperan después de la muerte, la tierra ha dejado de ser un negocio o un placer. Nos da posición, pero nos impide mantenerla. Eso es todo lo que se puede decir sobre la tierra.

JOHN

Tengo una casa de campo con algún terreno junto a ella, desde luego; unos mil quinientos acres, según creo. Pero mi renta verdadera no depende de eso. En realidad, que yo sepa, los cazadores furtivos son los únicos que obtienen algo de mis propiedades.

LADY BRACKNELL

¡Una casa de campo! ¿Con cuántos dormitorios? Bueno, ese punto puede ser aclarado más tarde. Supongo que tendrá usted una casa en Londres. Una muchacha con un carácter sencillo y bueno como Gwendolen no podría resignarse a vivir en el campo.

JOHN

Poseo una casa en Belgrave Square, pero se la tengo alquilada todo el año a lady Bloxham. Desde luego puedo desalojarla de allí siempre que la avise con seis meses de antelación.

LADY BRACKNELL

¿Lady Bloxham? No la conozco.

JOHN

¡Oh! Sale muy poco; es una dama muy avanzada en años.

LADY BRACKNELL

¡Ah! Pero hoy en día eso no es una garantía de respetabilidad. ¿Qué número de Belgrave Square?

JOHN

El ciento cuarenta y nueve.

LADY BRACKNELL

(Moviendo la cabeza.) El lado que no está de moda. Ya me suponía yo que había algo. Sin embargo, eso se puede cambiar fácilmente.

JOHN

¿Quiere usted decir la moda o el lado?

LADY BRACKNELL

(*Severamente.*) Ambas cosas si es necesario, creo yo. ¿Cuál es su postura política?

JOHN

Bueno, creo no tener postura realmente. En todo caso, soy liberal unionista.

LADY BRACKNELL

¡Oh! Entonces es conservador. Los conservadores

cenan con nosotros. O al menos vienen por la noche a mis reuniones. Ahora vamos con los asuntos de menor importancia. ¿Viven sus padres?

JOHN
He perdido a ambos.

LADY BRACKNELL
¿A los dos?... Eso parece un descuido. ¿Quién era su padre? Evidentemente sería un hombre de alguna fortuna. ¿Nació entre lo que los periódicos radicales llaman la púrpura del comercio? ¿O fue en el seno de la aristocracia?

JOHN
Pues no lo sé. El hecho es, lady Bracknell, que dije que había perdido a mis padres. Estaría más cerca de la verdad decir que mis padres me perdieron a mí... Realmente no sé quién soy por mi nacimiento. Fui..., bueno..., fui encontrado.

LADY BRACKNELL
¿Encontrado?

JOHN
El difunto señor Thomas Cardew, un viejo caballero de carácter muy caritativo y amable, me encontró y me dio el nombre de Worthing, porque en ese momento tenía en el bolsillo un billete de primera clase para Worthing. Worthing es un pueblo de Sussex. Tiene una playa muy concurrida.

LADY BRAKNELL
¿Dónde le encontró ese caballero tan caritativo que tenía un billete de primera clase para esa playa tan concurrida?

JOHN

(Gravemente.) En un bolso de mano.

LADY BRACKNELL

¿En un bolso de mano?

JOHN

(Muy comedido.) Sí, lady Bracknell. Fue en un bolso de mano; un bolso de mano relativamente grande, de cuero negro y con asas. En resumen, un bolso de mano corriente.

LADY BRACKNELL

¿En qué lugar encontró ese señor James o Thomas Cardew ese bolso de mano corriente?

JOHN

En el guardarropa de la estación Victoria. Se lo dieron por confusión.

LADY BRACKNELL

¿En el guardarropa de la estación Victoria?

JOHN

Sí. Línea de Brighton.

LADY BRACKNELL

La línea no tiene relevancia. Señor Worthing, confieso que estoy algo asombrada por lo que usted acaba de decirme. Nacer, o al menos ser criado en un bolso de mano, tenga asas o no, me parece un desprecio a la decencia de la vida familiar, que recuerda uno de los peores excesos de la revolución francesa. Y supongo que sabrá usted cuál fue el resultado de aquel infortunado movimiento. En cuanto al lugar donde fue encontrado el bolso de mano, el guardarropa de una estación de ferrocarril, podría servir para ocultar una indiscreción social; pero no puede considerarse como un pilar seguro para sostener una posición reconocida en la buena sociedad.

JOHN

¿Puedo preguntarle entonces qué me aconseja hacer? No hace falta decir que haría cualquier cosa para asegurar la felicidad de Gwendolen.

LADY BRACKNELL

Le aconsejaría, señor Worthing, que intentara hacerse con algunos parientes lo más pronto posible, y que hiciera un esfuerzo para presentar al menos a uno de sus progenitores, de cualquier sexo, antes que termine por completo la temporada.

JOHN

No veo cómo me va a ser posible hacer eso. Puedo presentar el bolso de mano en cualquier momento. Lo tengo en casa. Realmente creo que eso debería bastarle, lady Bracknell.

LADY BRACKNELL

¿A mí, señor? ¿Qué tengo que ver yo con eso? No se imagine usted que yo y lord Bracknell podemos ni soñar en permitir que nuestra hija única, una jovencita educada con el mayor cuidado, se case en un guardarropa y tome parentesco con un bulto de viaje. ¡Buenas tardes, señor Worthing! *(LADY BRACKNELL se retira con majestuosa indignación.)*

JOHN

¡Buenas tardes! *(ALGERNON, desde la otra habitación toca la marcha nupcial. JOHN, muy furioso va hacia la puerta.*) ¡Por Dios, no toques esa marcha fúnebre Algy! ¡Qué idiota eres! (*Cesa la música y entra ALGERNON con expresión alegre.*)

ALGERNON

¿Salió todo bien, amigo? ¿No me dirás que Gwendolen te ha rechazado? Sé que ella tiene esa manía. Siempre rechaza a la gente. Creo que es su mayor defecto.

JOHN

¡Ah, no! Con respecto a Gwendolen todo marcha bien. Por lo que a ella concierne, estamos comprometidos. Su madre es completamente intolerable. Jamás vi a una Gorgona como ella... Realmente no sé lo que es una Gorgona, pero estoy seguro de que lady Bracknell lo es. En cualquier caso, es un monstruo, y no mitológico, lo cual no está muy bien que digamos... Perdóname, Algy, creo que no debería hablar de esta manera de tu tía delante de ti.

ALGERNON

Mi querido amigo, me gusta hablar mal de mis parientes. Es lo único que me permite soportarlos. Los parientes son un montón de gente aburrida, que no tienen ni el más remoto conocimiento de cómo hay que vivir ni el más leve instinto de cuándo deben morir.

JOHN

¡Oh, eso es una bobada!

ALGERNON

¡No lo es!

JOHN

Bueno, no quiero discutir. Tú siempre quieres discutirlo todo.

ALGERNON

Para eso exactamente están hechas las cosas en realidad.

JOHN

Te doy mi palabra de que si yo pensara así me mataría... (*Pausa.*) No creerás que Gwendolen pueda parecerse a su madre a los ciento cincuenta años, ¿verdad, Algy?

ALGERNON

Todas las mujeres llegan a ser como su madre. Ésa es su tragedia. A los hombres no les ocurre eso. Ésa es la suya.

JOHN

¿Es eso cierto?

ALGERNON

¡Está perfectamente demostrado! Es tan cierto como puede serlo cualquier observación de la vida civilizada.

JOHN

Estoy harto de tanta sutileza. Todo el mundo es inteligente hoy en día. No puedes ir a ningún sitio sin encontrarte gente lista. La cosa se ha convertido en un verdadero defecto público. Ruego a Dios que nos permita conservar unos cuantos tontos.

ALGERNON

Ya los tenemos.

JOHN

Pues me gustaría mucho encontrarlos. ¿De qué hablan?

ALGERNON

¿Los imbéciles? ¡Oh! De los listos, por supuesto.

JOHN

¡Qué imbéciles!

ALGERNON

A propósito, ¿le has dicho a Gwendolen la verdad sobre el asunto de que te llamas Ernesto en la ciudad y John en el campo?

JOHN

(Con tono de superioridad.) Mi querido amigo, la verdad no se le dice a una muchacha dulce, bonita y refinada. ¡Qué ideas tan extravagantes tienes sobre la manera de tratar a las mujeres!

AJGERNON

La única manera de tratar a una mujer es hacerle el amor, si es bonita, o hacérselo a otra si es fea.

JOHN

¡Oh, eso es una imbecilidad!

ALGERNON

¿Y qué le has dicho de tu hermano? ¿Del bala perdida de Ernesto?

JOHN

Antes de fin de semana me habré deshecho de él. Diré que ha muerto en París de apoplejía. Mucha gente muere de apoplejía de forma repentina, ¿verdad?

ALGERNON

Sí, pero es una enfermedad hereditaria, mi querido amigo. Es algo que viene de familia.

Sería mejor decir que que la causa fue un fuerte resfriado.

JOHN

¿Estás seguro de que el resfriado no es hereditario?

ALGERNON

¡Claro que no!

JOHN

Muy bien. Mi pobre hermano Ernesto ha muerto de repente en París de un fuerte resfriado. Ya me he librado de él.

ALGERNON

Pero creí que habías dicho que... la señorita Cardew estaba muy interesada en tu hermano Ernesto. ¿No sentirá mucho su muerte?

JOHN

¡Oh! Todo irá bien. Cecily no es una boba romántica, de lo cual me alegro.

Tiene un extraordinario apetito, da largos paseos y no pone atención a ninguna de sus lecciones.

ALGERNON

Me gustaría mucho conocer a Cecily.

JOHN

Tendré buen cuidado de que eso nunca suceda. Es especialmente linda y tiene dieciocho años sólo.

ALGERNON

¿Le has dicho a Gwendolen que tienes una pupila que sólo tiene dieciocho años?

JOHN

Uno no debe hablar de estas cosas. Seguro que Cecily y Gwendolen serán las mejores amigas del mundo.

Te apuesto cualquier cosa a que a la media hora de conocerse se llaman una a otra hermana.

ALGERNON

Las mujeres sólo hacen eso cuando ya se han llamado antes otras muchas cosas. Ahora, mi querido amigo, si queremos encontrar una buena mesa en Willis, creo que deberíamos ir a vestirnos. ¿Sabes que son cerca de las siete?

JOHN

(*En tono irritado.*) ¡Oh! Siempre son cerca de las siete.

ALGERNON

Bueno, yo tengo hambre.

JOHN

Nunca te he oído decir lo contrario.

ALGERNON

¿Qué haremos después de cenar? ¿Ir al teatro?

JOHN

¡Oh, no! Odio escuchar.

ALGERNON

Bueno, entonces iremos al club.

JOHN
¡Oh, no! Odio hablar.

ALGERNON
Bueno, podríamos pasarnos por el Empire a las diez.

JOHN
¡Oh, no! No puedo soportar ver cosas. Es demasiado simple.

ALGERNON
Bueno, entonces ¿qué haremos?

JOHN
¡Nada!

ALGERNON
No hacer nada es un trabajo francamente duro. Y yo no estoy dispuesto a trabajar si no es con una finalidad determinada. (*Entra LANE.*)

LANE
La señorita Fairfax. (*Entra GWENDOLEN. LANE se va.*)

ALGERNON
¡Vaya, Gwendolen!

GWENDOLEN
Algy, haz el favor de ponerte de espaldas. Tengo algo muy particular que decirle a Worthing.

ALGERNON
Realmente, Gwendolen, no creo que deba permitir esto de ningún modo.

GWENDOLEN

Algy, tú siempre adoptas una actitud inmoral frente a la vida. No eres lo bastante viejo para hacer eso. (*ALGERNON se retira hacia la chimenea.*)

JOHN

¡Amada mía!

GWENDOLEN

Ernesto, puede que nunca nos casemos. Por la expresión de la cara de mamá me temo que será así. Pocos padres hoy en día tienen en cuenta lo que sus hijos les dicen. El antiguo respeto hacia los jóvenes está decayendo rápidamente. Si tuve alguna influencia sobre mi madre, la debí perder cuando tenía tres años. Pero aunque ella pueda impedirnos que seamos marido y mujer, aunque yo pueda casarme con otro y casarme muchas veces, nada podrá cambiar mi eterna devoción hacia usted.

JOHN

¡Querida Gwendolen!

GWENEOLEN

La historia de su romántico origen, como me ha contado mamá, con comentarios desafortunados, ha conmovido las más profundas fibras de mi ser. Su nombre de pila tiene una irresistible fascinación. La simplicidad de su carácter hace que usted sea para mí exquisitamente incomprensible. Tengo sus señas en Albany. ¿Cuál es su dirección en el campo?

JOHN

Manor House, Woolton, Hertfordshire. *(ALGERNON que ha escuchado atentamente, sonríe y escribe las señas en el puño de su camisa. Después coge la guía de ferrocarriles.)*

GWENDOLEN

Supongo que habrá un buen servicio de correos... Podría ser necesario hacer algo desesperado. Eso, desde luego, requeriría una seria consideración. Me comunicaré con usted diariamente.

JOHN

¡Vida mía!

GWENDOLEN

¿Cuánto tiempo va usted a estar en la ciudad?

JOHN

Hasta el lunes.

GWENDOLEN

¡Bien! Algy, ya puedes volverte.

ALGERNON

Gracias, me había vuelto ya.

GWENDOLEN

También puedes tocar el timbre.

JOHN

¿Me permite que la acompañe hasta el coche, amada mía?

GWENDOLEN

Naturalmente.

JOHN

(A LANE, que acaba de entrar.) Yo acompañaré a la señorita Fairfax.

LANE

Si, señor. *(JOHN y GWENDOLEN se van. Lane le da unas cartas a ALGERNON sobre una bandeja. Es evidente que son facturas, porque ALGERNON, después de mirar los sobres, los rompe.)*

ALGERNON

Una copa de jerez, Lane.

LANE

Sí, señor.

ALGERNON

Mañana, Lane, voy a bunburyzar.

LANE

Sí, señor.

ALGERNON

Probablemente no volveré hasta el lunes. Puede prepararme mi ropa, mi esmóquin y todos los trajes de Bunbury...

LANE

Sí, señor. *(Sirve el jerez.)*

ALGERNON

Espero que mañana hará un buen día, Lane.

LANE

Nunca ocurre eso, señor.

ALGERNON

Lane, es usted un completo pesimista.

LANE

Procuro agradar, señor. *(Entra JOHN. LANE se va.)*

JOHN

¡Es una muchacha de lo más sensible e inteligente! La única muchacha que me ha gustado en mi vida. (*ALGERNON se ríe fuertemente.*) ¿Por qué te divierte tanto?

ALGERNON

¡Oh.! Estoy preocupado por el pobre Bunbury, eso es todo.

JOHN

Si no tienes cuidado, tu amigo Bunbury te dará un serio disgusto algún día.

ALGERNON

Me agradan los disgustos. Son las únicas cosas que nunca han sido serias.

JOHN

¡Oh! Eso es una bobada, Algy. No dices más que bobadas.

ALGERNON

Todos hacen lo mismo. *(JOHN le mira indignado y sale de la habitación. ALGERNON enciende un cigarrillo, lee lo que escribió en el puño de la camisa y sonríe.)*

ACTO SEGUNDO

La escena representa un jardín en Manor House, Woolton. Una escalera de piedra gris lleva a la casa. El jardín, dispuesto a la antigua, está lleno de rosas. Es pleno verano. Sillas de mimbre y una mesa llena de libros colocadas bajo un gran tejo.

La SEÑORITA PRISM está sentada junto a la mesa. CECILY está al fondo regando las flores.

SRTA. PRISM

(*Gritando.*) ¡Cecily! ¡Cecily! Una tarea tan utilitaria como la de regar flores creo que es más bien deber de Moulton que suyo. Especialmente en el momento en que la esperan los placeres intelectuales. La gramática alemana está sobre la mesa. Le ruego que la abra por la página quince. Repetiremos la lección de ayer.

CECILY

(*Acercándose lentamente.*) Pero yo detesto el alemán. Es un idioma que no favorece nada. Sé perfectamente bien que estoy feísima después de mi lección de alemán.

SRTA. PRISM

Hija mía, sabe lo que se preocupa su tutor porque progrese usted en todo. Cuando ayer se marchó insistió especialmente sobre el alemán.

CECILY

¡El querido tío John es tan serio! A veces lo es tanto que creo que no se debe encontrar bien del todo.

SRTA. PRISM

(*Con seriedad.*) Su tutor goza de la mejor salud, y la seriedad de su carácter es especialmente encomiable en un hombre joven como él. No conozco a nadie que tenga un sentido más elevado del deber y la responsabilidad.

CECILY

Supongo que por eso parece muchas veces algo aburrido cuando estamos los tres juntos.

SRTA. PRISM

¡Cecily! Me sorprende usted. El señor Worthing tiene muchas preocupaciones en su vida. La trivialidad y el entretenimiento innecesario están fuera de lugar en su conversación. Debe usted recordar su constante preocupación por su hermano, ese infortunado joven.

CECILY

Me gustaría que el tío John permitiera a su infortunado hermano venir aquí de cuando en cuando. Podríamos ejercer una buena influencia sobre él, señorita Prism. Estoy segura de que usted lo haría. Sabe alemán, geología y todas esas cosas que pueden influir tanto en un hombre. (*CECILY escribe algo en su diario.*)

SRTA. PRISM

(*Moviendo la cabeza.*) No creo que yo pudiese producir ningún efecto en un carácter que según admite su propio hermano, es muy débil y oscilante. En realidad, tampoco estoy segura de que yo deseara reformarle. No me agrada esta manía moderna de convertir a los malos en buenos de la noche a la mañana. Cada uno que se las entienda solo. Debe usted dejar el diario, Cecily. En realidad no veo por qué tiene que llevar un diario.

CECILY

Llevo un diario para poder anotar los maravillosos

secretos de mi vida. Si no los escribiese, seguramente los olvidaría.

SRTA. PRISM

La memoria, mi querida Cecily, es el diario que todos llevamos dentro.

CECILY

Sí, pero acostumbra registrar cosas que nunca han ocurrido y que posiblemente nunca podrán suceder. Creo que la memoria es la responsable de las novelas en tres volúmenes que Mudie nos envía.

SRTA. PRISM

No hable tan despectivamente de las novelas en tres volúmenes, Cecily. Yo misma escribí una en mi juventud.

CECILY

¿De verdad, señorita Prism? ¡Qué inteligente es usted! Supongo que no tendría un final feliz. No me gustan las novelas que terminan bien. Me deprimen mucho.

SRTA. PRISM

Los buenos terminan bien y los malos mal. En eso consiste la ficción.

CECILY

Supongo que sí. Pero me parece injusto. ¿Y se publicó la novela?

SRTA. PRISM

¡Oh, no! Por desgracia el manuscrito fue abandonado. (*CECILY la mira asombrada.*) Uso la palabra en el sentido de perdido o extraviado. Estas especulaciones no son necesarias para su trabajo, niña.

CECILY

(*Sonriendo.*) Creo qie viene el doctor Chausable por el jardín.

SRTA. PRISM

(Levantándose y saliendo a su encuentro.) ¡Doctor Chausable! Esto es realmente un placer. (*Entra el canónigo CHAUSABLE.*)

CHAUSABLE

¿Cómo están esta mañana? ¿Supongo, señorita Prism, que estará usted bien?

CECILY

La señorita Prism estaba quejándose ahora mismo de un ligero dolor de cabeza. Creo que sería muy bueno para ella que la acompañase a dar una vuelta por el parque, doctor Chausable.

SRTA. PRISM

Cecily, yo no he mencionado para nada el dolor de cabeza.

CECILY

No, señorita Prism, ya lo sé; pero sentí instintivamente que usted lo tenía. Realmente estaba pensando en eso y no en mi lección de alemán cuando ha llegado el reverendo.

CHAUSABLE

Espero, Cecily, que no será usted distraída.

CECILY

¡Oh! Temo que sí.

CHAUSABLE

Es extraño. Si tuviera yo la fortuna de ser discípulo de la señorita Prism siempre estaría pendiente de sus labios. *(La señorita PRISM le mira con asombro.)* Hablo metafóricamente. Mi metáfora está tomada de las abejas. ¡Ejem! Supongo que el señor Worthing aún no ha vuelto de Londres.

SRTA. PRISM

No le esperamos hasta el lunes por la tarde.

CHAUSABLE

¡Ah, sí! Le gusta pasar el domingo en la capital. No es de ésos que sólo piensan en pasarlo bien, como le ocurre a su pobre hermano menor. Pero no debo distraer más a Egeria y a su discípula.

SRTA. PRISM

¿Egeria? Mi nombre es Leticia, doctor.

CHAUSABLE

(*Haciendo una inclinación.*) Es solamente una alución clásica tomada de los autores paganos. Supongo que las veré a las dos en el oficio de vísperas.

SRTA. PRISM

Creo, querido doctor, que iré a dar un paseo con usted. Me parece que, después de todo, tengo dolor de cabeza, y un paseo puede sentarme bien.

CHAUSABLE

Encantado, señorita Prism, encantado. Podemos ir hasta las escuelas y volver.

SRTA. PRISM

Será delicioso. Cecily, estudie usted la política económica en mi ausencia. El capítulo sobre el descenso de la rupia puede saltárselo. Es demasiado escandaloso. Hasta esos problemas de dinero tienen su lado melodramático. (*Se va por el jardín con el doctor CHAUSABLE.*)

CECILY

(*Toma los libros y los arroja sobre la mesa.*) Al diablo la horrible política económica, la horrible geografía y el horrible alemán. (*Entra MERRIMAN con una tarjeta sobre una bandeja.*)

MERRIMAN

El señor Ernesto Worthing acaba de llegar de la estación. Ha traído su equipaje.

CECILY

(*Toma la tarjeta y la lee.*) "Ernesto Worthing, B. cuatro, The Albany, W." ¡El hermano del tío John! ¿Le ha dicho usted que el señor Worthing está en Londres?

MERRIMAN

Sí, señorita. Me ha parecido muy contrariado. Le avisé de que usted y su institutriz estaban en el jardín. Me dijo que estaba ansioso por hablar con usted un momento a solas.

CECILY

Dígale al señor Ernesto Worthing que venga aquí. Lo mejor será que le diga al ama de llaves que prepare una habitación para él.

MERRIMAN

Sí, señorita. (*MERRIMAN se va.*)

CECILY

Nunca he conocido a una persona realmente mala. Estoy bastante asustada. Temo que sea exactamente igual a los demás. (*Entra ALGERNON de muy buen humor.*)

ALGERNON

(*Quitándose el sombrero.*) Estoy seguro de que usted es mi pequeña prima Cecily.

CECILY

Está en un error. Yo no soy pequeña. En realidad, creo que soy más alta de lo corriente para mi edad. (*ALGERNON la mira un poco sorprendido.*) Pero soy su prima Cecily. Usted, como veo por su tarjeta, es el hermano del tío John, mi primo Ernesto, el malo de mi primo Ernesto.

ALGERNON

¡Oh! No soy tan malo, prima Cecily. No debe pensar que soy malo.

CECILY

Si no lo es, nos ha engañado a todos de la manera más indigna. Espero que no habrá llevado una doble existencia, pretendiendo ser malo y siendo en realidad bueno. Eso sería una hipocresía imperdonable.

ALGERNON

(*La mira perplejo.*) ¡Oh! Lo cierto es que he sido un poco descuidado.

CECILY

Me alegro de oír eso.

ALGERNON

La verdad, ahora que lo menciona, es que he sido bastante malo.

CECILY

No creo que deba estar orgulloso de eso, aunque estoy segura de que debe de haber sido muy agradable.

ALGERNON

Es mucho más agradable estar aquí con usted.

CECILY

No puedo comprender cómo está aquí. El tío John no volverá hasta el lunes por la tarde.

ALGERNON

Es una gran contrariedad. No tengo otro remedio que marcharme el lunes por la mañana en el primer tren. Tengo un asunto de negocios al que estoy ansioso por... faltar.

CECILY

¿Y no podría faltar en un sitio que no fuese Londres?

ALGERNON

No. El asunto es en Londres.

CECILY

Bueno, ya sé, naturalmente, lo importante que es no ir a un asunto de negocios, si uno quiere conservar el sentido de la belleza de la vida; pero creo que sería mejor que esperase la llegada del tío John. Sé que él quiere hablarle sobre su emigracion.

ALGERNON

¿Sobre mi qué?

CECILY

Su emigración. Ha ido a comprarle todo lo necesario.

ALGERNON

Ciertamente no puedo permitir que John me compre nada. No tiene gusto para las corbatas.

CECILY

No creo que necesite usted corbatas. El tío John va a enviarle a Australia.

ALGERNON

¡Australia! Antes la muerte.

CECILY

Bueno, al menos dijo el miércoles, durante la cena, que tendría usted que escoger entre este mundo, el otro mundo y Australia.

ALGERNON

¡Ah, bueno! Las noticias que he recibido del otro mundo y de Australia no son particularmente alentadoras. Este mundo es bastante bueno para mí, prima Cecily.

CECILY

Sí, pero ¿es usted bastante bueno para él?

ALGERNON

Temo que no. Por eso quiero que usted me reforme.

Ésa puede ser su misión, si no le importa, prima Cecily.
CECILY
Creo que esta tarde no tendré tiempo.

ALGERNON
Bueno, ¿le importaría que esta tarde me reformara a mí mismo?

CECILY
Eso sería un poco quijotesco. Pero creo que debería intentarlo.

ALGERNON
Lo intentaré. Ya me siento mejor.

CECILY
Pues parece que está usted peor.

ALGE.RNON
Es porque tengo hambre.

CECILY
¡Qué descuido el mío! Debería haber recordado que cuando uno emprende una nueva vida tiene que hacer comidas regulares y abundantes. ¿Quiere entrar?

ALGERNON
Gracias. ¿Puedo cortar primero una flor para el ojal? Nunca tengo apetito si no llevo una flor en el ojal.

CECILY
¿Una Mariscal Niel? (*Toma una tijeras.*)

ALGERNON

No; prefiero una rosa.

CECILY

¿Por qué? (*Corta una flor.*)

ALGERNON

Porque usted es como una rosa, prima Cecily.

CECILY

No creo que esté muy bien que me hable de esa forma. La señorita Prism nunca me dice cosas así.

ALGERNON

Entonces es que la señorita Prism es una vieja corta de vista. *(CECILY le pone la rosa en el ojal.)* Es usted la muchacha más bonita que he visto nunca.

CECILY

La señorita Prism dice que toda la belleza física es una trampa.

ALGERNON

Una trampa en la que todo hombre sensato le gustaría dejarse atrapar.

CECILY

¡Oh! Pues a mí no me gustaría apresar a un hombre sensato. No sabría qué hablar con él. (*Entran en la casa. La señorita PRISM y el doctor CHAUSABLE vuelven.*)

SRTA. PRISM

Está usted demasiado solo, querido doctor Chausable. Debería casarse. Puedo comprender que existan los misántropos, pero los mujerántropos, ¡jamás!

CHAUSABLE

(*Con un estremecimiento pueril.*) Créame, no va conmigo una frase tan neologística. El precepto, así como la práctica de la iglesia primitiva, se oponía por completo al matrimonio.

SRTA. PRISM

(*Con énfasis.*) Ésa es la razón de que la iglesia primitiva no haya durado hasta nuestros días. Y no parece usted darse cuenta, querido doctor, de que la soltería persistente convierte al hombre en una tentación pública permanente. Los hombres deberían tener más cuidado; el celibato hace que se echen a perder los caracteres.

CHAUSABLE

¿Un hombre no posee el mismo atractivo cuando se casa?

SRTA. PRISM

Ningún hombre casado es atractivo, excepto para su mujer.

CHAUSABLE

Y, según me han dicho, muchas veces ni siquiera para ella.

SRTA. PRISM

Eso depende de las tendencias intelectuales de la mujer. Siempre se puede uno fiar de la madurez. Las mujeres jóvenes están verdes. (*El doctor CHAUSABLE se estremece.*) Hablo de horticultura. Mi metáfora está tomada de la fruta. Pero ¿dónde está Cecily?

CHAUSABLE

Quizá nos haya seguido hasta las escuelas. (*Entra JOHN, lentamente, por el fondo del jardín. Viste de luto, con una cinta negra en el sombrero y guantes negros.*)

SRTA. PRISM

¡Señor Worthing!

CRASUBLE

¡Señor Worthing!

SRTA. PRISM

¡Qué sorpresa! No le esperábamos hasta el lunes por la tarde.

JOHN

(*Estrecha la mano de la señorita PRISM con un ademán trágico.*) He vuelto más pronto de lo que esperaba. Doctor Chausable, supongo que estará usted bien.

CHAUSABLE

Querido señor Worthing, me imagino que ese traje que lleva no significará que ha ocurrido alguna desgracia.

JOHN

Mi hermano.

SRTA. PRISM

¿Más deudas vergonzosas y más extravagancias?

CHAUSABLE

¿Continúa llevando una vida de placer?

JOHN

(*Moviendo la cabeza.*) ¡Muerto!

CHAUSABLE

¿Su hermano Ernesto ha muerto?

JOHN

Completamente muerto.

SRTA. PRISM

¡Qué lección para él! Espero que sabrá aprovecharla.

CHAUSABLE

Señor Worthing, le doy mi más sincero pésame. Al menos tiene el consuelo de saber que ha sido usted el más generoso y caritativo de los hermanos.

JOHN

¡Pobre Ernesto! Tenía muchos defectos, pero ha sido algo triste, muy triste.

CHAUSABLE

Ciertamente. ¿Estuvo usted con él hasta los últimos instantes?

JOHN

No. Ha muerto en el extranjero. En París. Recibí anoche un telegrama del gerente del Gran Hotel.

CHAUSABLE

¿Cuál fue la causa de su muerte?

JOHN

Un fuerte resfriado, creo.

SRTA. PRISM

El hombre recoge lo que siembra.

CHAUSABLE

(*Levantando la mano.*) ¡Caridad, querida señorita

Prism, caridad! Nadie es perfecto. Yo mismo tengo particular debilidad por el juego de damas. ¿Tendrá lugar aquí el entierro?

JOHN

No. Me parece que expresó el deseo de ser enterrado en París.

CHAUSABLE

¡En París! (*Mueve la cabeza.*) Temo que eso demuestre que no tuvo un carácter serio ni aun en los últimos instantes. Supongo que deseará usted que haga alguna ligera alusión a este trágico suceso doméstico el domingo que viene. (*JOHN le estrecha la mano convulsivamente.*) Mi sermón sobre el significado del maná puede ser adaptado a casi todas las ocasiones, bien sean alegres, o, como el caso presente, tristes. (*Todos suspiran.*) Lo he predicado en bautizos, confirmaciones, en días de penitencia y en días de gozo. La última vez lo dije en la catedral como sermón para prevenir el descontento entre las clases altas. Al obispo, que estaba presente, le gustaron mucho algunas de mis comparaciones.

JOHN

¡Ah! Eso me recuerda, ahora que ha mencionado usted los bautizos, que tengo que pedirle algo. Supongo que usted sabrá bautizar sin problemas. (*El doctor CHAUSABLE se queda asombrado.*) Quiero decir, naturalmente, que usted estará bautizando continuamente, ¿verdad?

SRTA. PRISM

Siento decir que ése es uno de los más grandes deberes del reverendo en esta parroquia. Frecuente-

mente he hablado con las clases bajas sobre este asunto, pero ellos no parecen saber lo que es el ahorro.
CHAUSABLE

Pero ¿hay algún niño en particular por el que usted esté interesado, señor Worthing? Creo que su hermano estaba soltero, ¿no es así?

JOHN

¡Oh , sí!

SRTA. PRISM

(Amargamente.) La gente que vive sólo para el placer nunca suele casarse.

JOHN

No es para ningún niño, querido doctor. Me gustan mucho los niños. ¡No! El hecho es que a mí me gustaría ser bautizado esta misma tarde, si usted no tiene nada mejor que hacer.

CHAUSABLE

Pero usted, señor Worthing, habrá sido usted bautizado ya.

JOHN

No recuerdo nada sobre el asunto.

CHAUSABLE

Pero ¿tiene usted alguna duda seria?

JOHN

Creo que sí. Desde luego, no sé si esto le parecerá bien a usted o pensará que soy demasiado mayor.

CHAUSABLE

Naturalmente que no. La aspersión y aun la inmersión de los adultos es una práctica perfectamente canónica.

JOHN

¿Inmersión?

CHAUSABLE

No se preocupe. La aspersión es suficiente y más aconsejable. ¡El estado del tiempo es tan variable! ¿A qué hora desea que se celebre la ceremonia?

JOHN

Pues eso de las cinco, si no le parece mal.

CHAUSABLE

¡Perfectamente, perfectamente! Tengo dos ceremonias iguales a esa hora. Dos mellizos que nacieron recientemente en una de las casas alejadas de esta finca. Son del pobre Jenkins, el carretero, un hombre muy trabajador.

JOHN

Bueno, no me agrada mucho ser bautizado junto a otros bebés. Sería infantil. ¿A las cinco y media?

CHAUSABLE

¡Admirablemente, admirablemente! *(Saca su reloj.)* Y ahora, querido señor Worthing, no quiero molestar por más tiempo en esta casa llena de tristeza. Sólo quiero pedirle que no se deje abatir por el dolor. Lo que nos parecen trances amargos son muchas veces alegrías disfrazadas.

SRTA. PRISM

Esto me parece una alegría notable. *(Entra CECILY desde la casa.)*

CECILY

¡Tío John! ¡Cuánto me alegra ver que has regresado! ¡Pero qué horrible traje llevas! Ve a cambiarte pronto.

SRTA. PRISM

¡Cecily!

CHAUSABLE

¡Hija mía! ¡Hija mía! *(CECILY va hacia JOHN, él la besa en la frente con un gesto melancólico.)*

CECILY

¿Qué pasa, tío John? ¡Ponte alegre! Parece que tienes dolor de muelas. Tengo una sorpresa para ti. ¿Quién crees que está en el comedor? ¡Tu hermano!

JOHN

¿Quién?

CECILY

Tu hermano Ernesto. Ha llegado hace una media hora.

JOHN

¡Qué bobada! Ya no tengo hermano.

CECILY

¡Oh! No digas eso. Aunque se haya portado mal, sigue siendo tu hermano. No puedes ser tan cruel con él. Le diré que has llegado. Y os estrechareis la mano. ¿verdad, tío John? (*Vuelve a entrar en la casa.*)

CHAUSABLE

Éstas sí que son noticias alegres.

SRTA. PRISM

Después que todos nos habíamos resignado ya a su pérdida, su repentino regreso me parece algo peculiarmente calamitoso.

JOHN

¿Mi hermano está en el comedor? No sé lo que todo esto querrá decir. Creo que es completamente absurdo *(Entran ALGERNON y CECILY cogidos de la mano. Se acercan lentamente a JOHN.)*

JOHN

¡Cielo santo! (*Hace un gesto a ALGERNON para que se vaya.*)

ALGERNON

Hermano John, he venido de la ciudad para decirte que siento mucho los disgustos que te he dado y que intentaré desde ahora llevar una vida mejor. (*JOHN le mira furioso y no acepta su mano.*)

CECILY

Tío John, no te negarás a estrechar la mano de tu propio hermano, ¿verdad?

JOHN

Nada en el mundo hará que yo estreche esa mano. Su venida aquí me parece algo vergonzosa. Él sabe muy bien por qué.

CECILY

Tío John, sé bueno. En toda persona hay algo bueno.

Ernesto acaba de hablarme de su pobre amigo inválido, el señor Bunbury, al que visita con tanta frecuencia. Y no hay duda de que hay algo bueno en un hombre que es cariñoso con un enfermo y que se aleja de los placeres de Londres para permanecer junto a un lecho de dolor.

JOHN

¡Ah! Te ha estado hablando de su amigo Bunbury, ¿verdad?

CECILY

Sí. Me ha contado todo sobre el pobre Bunbury y su terrible estado de salud.

JOHN

¡Bunbury! Bueno, pues no quiero que vuelva a hablar de Bunbury ni de ninguna otra cosa. Esto es desesperante.

ALGERNON

Desde luego admito que toda la culpa es mía. Pero debo decir que la frialdad de mi hermano John para conmigo es dolorosa. Esperaba una bienvenida más entusiasta, especialmente porque es la primera vez que vengo aquí.

CECILY

Tío John, si no estrechas la mano de Ernesto, nunca te perdonaré.

JOHN

¿Nunca me perdonarás?

CECILY

¡Nunca, nunca, nunca!

JOHN

Bueno, ésta es la última vez que lo hago. (*Estrecha la mano de ALGERNON mirándole furiosamente.*)

CHAUSABLE

Es agradable ver una reconciliación tan perfecta. Creo que debíamos dejar solos a ambos hermanos.

SRTA. PRISM

Cecily, venga usted con nosotros.

CECILY

Desde luego, señorita Prism. Mi pequeña tarea ha terminado.

CHAUSABLE

Ha hecho usted hoy una hermosa acción, hija mía.

SRTA. PRISM

No debemos emitir juicios prematuros.

CECILY

Me siento muy feliz. (*Todos salen excepto, JOHN y ALGERNON.*)

JOHN

Algy, eres un canalla. Debes irte de aquí lo más pronto posible. No te permito bunburyzar en este lugar. (*Entra MERRIMAN.*)

MERRIMAN

He puesto las cosas del señor Ernesto en la habitación que hay junto a la suya, señor. ¿Están bien ahí?

JOHN

¿Qué?

MERRIMAN

El equipaje del señor Ernesto, señor. Lo he desempacado y lo he puesto en la habitación contigua a la suya.

JOHN

¿Su equipaje?

MERRIMAN

Sí, señor. Tres maletas, un maletín, dos cajas de sombreros y una gran cesta.

ALGERON

No puedo quedarme más de una semana.

JOHN

Merriman, haga que preparen el coche inmediatamente. El señor Ernesto ha sido avisado repentinamente para que vuelva a Londres.

MERRIMAN

Sí, señor. (*Entra en la casa.*)

ALGERNON

¡Qué gran embustero eres, John! No tengo que ir a Londres para nada.

JOHN

Sí; tienes que volver.

ALGERNON

No me ha avisado nadie, que yo sepa.

JOHN

Tu deber como caballero es regresar.

ALGERNON

Mi deber como caballero nunca se ha interpuesto entre mis placeres y yo ni lo más mínimo.

JOHN

Lo comprendo muy bien.

ALGERNON

Bueno. Cecily es muy bonita.

JOHN

No hables de la señorita Cardew de esa forma. No me gusta.

ALGERNON

Muy bien. Y a mí no me gusta tu traje. Estás perfectamente ridículo con él. ¿Por qué diablos no vas a cambiarte? Es completamente infantil estar de luto por un hombre que va a pasar una semana contigo como invitado. Creo que es grotesco.

JOHN

Tú no estarás conmigo una semana, ni como invitado ni como nada. Vas a marcharte... en el tren de las cuatro y cinco.

ALGERNON

No me marcharé mientras tú estés de luto. Sería una enorme falta de amistad. Si yo estuviera de luto supongo que tú te quedarías conmigo. Sería muy poco honesto si no lo hicieras.

JOHN

Bueno, ¿te marcharás si me cambio de traje?

ALGERNON

Sí, si no tardas mucho. Nunca he visto a nadie que tarde tanto en vestirse y con tan mal resultado.

JOHN

Bueno, al menos eso es mejor que estar siempre demasiado bien vestido, como tú.

ALGERNON

Si a veces estoy demasiado bien vestido, siempre soy inmensamente bien educado.

JOHN

Tu vanidad es ridícula, tu conducta es ofensiva y tu presencia en mi jardín por completo absurda. Pero tendrás que tomar el tren de las cuatro y cinco, y espero que hagas un viaje agradable de vuelta a Londres. Este bunburysmo, como tú lo llamas, no ha sido un gran éxito para ti. (*Entra en la casa.*)

ALGERNON

Pues creo que ha sido un gran éxito. Estoy enamorado de Cecily y eso es todo. (*Entra CECILY por el jardín, toma la regadera y comienza a regar las plantas.*) Pero debo verla antes de irme y tengo que arreglarlo todo para otro bunburysmo. ¡Ah! Aquí está.

CECILY

¡Oh! Sólo vine a regar las plantas. Creí que estaba usted con el tío John.

ALGERNON
Se ha ido a pedir que preparen el coche para mí.

CECILY
¡Ah! ¿Va a llevarle a dar un agradable paseo?

ALGERNON
Va a echarme.

CECILY
Entonces ¿debemos separarnos?

ALGERNON
Temo que sí. Es una despedida muy dolorosa.

CECILY
Siempre es doloroso despedirse de alguien al que se ha conocido desde hace poco tiempo. La ausencia de los viejos amigos se puede soportar bien. Pero separarse, aun siendo momentáneamente, de alguien que acaba de sernos presentado, es algo casi intolerable.

ALGERNON
Gracias. *(Entra MERRIMAN.)*

MERRIMAN
El coche está en la puerta, señor. (*ALGERNON lanza una mirada de súplica a CECILY.*)

CECILY
Que espere cinco minutos, Merriman.

MERRIMAN
Sí, señorita. *(Sale MERRIMAN.)*

ALGERNON

Espero, Cecily, que no se ofenderá si le digo franca y abiertamente que es usted, en todos los sentidos, la personificación visible de la absoluta perfección.

CECILY

Creo que su franqueza dice mucho en su favor, Ernesto. Si me lo permite, copiaré sus observaciones en mi diario. (*Va hacia la mesa y empieza a escribir en el diario.*)

ALGERNON

¿Lleva usted de verdad un diario? Daría cualquier cosa por verlo. ¿Puedo...?

CECILY

¡Oh, no! (*Pone su mano sobre él.*) Se dará cuenta de que esto es apenas la relación de los pensamientos e impresiones de una muchacha muy joven, y como consecuencia espero publicarlo. Cuando aparezca impreso, espero que adquiera usted un ejemplar. Pero se lo ruego, Ernesto, no se detenga. Me encanta tomar al dictado. He llegado hasta la "absoluta perfección". Puede seguir. Estoy dispuesta.

ALGERNON

(Algo retraído.) ¡Ejem! ¡Ejem!

CECILY

¡Ah! No tosa, Ernesto. Cuando se dicta se debe hablar claramente y sin toser. Ademas, no sé cómo se escribe la tos. (*Escribe mientras habla ALGERNON.*)

ALGERNON

(*Hablando muy rápidamente.*) Cecily, desde que

vi por vez primera su maravillosa e incomparable belleza he osado amarla ardiente, apasionada, devota y desesperadamente.

CECILY

Creo que no debería usted decirme que me ama ardiente, apasionada, devota, desesperadamente. Desesperadamente no parece tener mucho sentido, ¿verdad?

ALGERNON

¡Cecily! *(Entra MERRIMAN.)*

MERRIMAN

El coche le espera, señor.

ALGERNON

Dígale que venga la semana que viene a la misma hora.

MERRIMAN

(*Mira a CECILY, que no hace ningún gesto.*) Sí, señor. (*MERRIMAN se retira.*)

CECILY

El tío John se enfadaría mucho si supiera que se iba a quedar usted hasta la semana que viene a la misma hora.

ALGERNON

¡Oh! No me importa en absoluto John. No me importa nadie en el mundo, excepto usted. La amo, Cecily. ¿Quiere usted casarse conmigo?

CECILY

¡Qué bobo! Naturalmente que sí. Estamos prometidos desde hace tres meses.

ALGERNON
¿Tres meses?
CECILY
Sí, exactamente el jueves hace tres meses.

ALGERNON
Pero ¿cómo nos prometimos?

CECILY
Desde que el querido tío John nos confesó que tenía un hermano menor que era muy malo, usted, naturalmente, entró a formar parte del tema principal de las conversaciones entre la señorita Prism y yo. Y, desde luego, un hombre del que se habla mucho se hace muy atractivo. Una siente que en él debe de haber algo especial. Fue una locura, pero yo me enamoré de usted, Ernesto.

ALGERNON
Amada mía. ¿Y cuándo nos prometimos realmente?

CECILY
El catorce de febrero último. Cansada de que usted ignorase por entero mi existencia, decidí terminar con eso de una forma u otra, y después de muchas cavilaciones le acepté a usted bajo ese viejo y querido árbol. Al día siguiente compré esta sortijita en su nombre, y ésta es la pequeña pulsera con el verdadero lazo del amor que le he prometido a usted llevar siempre.

ALGERNON
¿Yo se la he regalado? Es muy bonita, ¿verdad?

CECILY

Sí; tiene usted un gusto exquisito, Ernesto. Ésa es la excusa que yo siempre he dado a su mala vida. Y ésta es la caja en la que guardo todas sus amadas cartas. (*Se arrodilla ante la mesa, abre la caja y saca unas cartas atadas con una cinta azul.*)

ALGERNON

¡Mis cartas! Pero, Cecily mía, yo nunca le he escrito ninguna carta.

CECILY

No necesita usted decirme eso, Ernesto. Recuerdo muy bien que me vi obligada a escribir sus cartas por usted. Escribí tres veces a la semana y a veces más.

ALGERNON

¡Oh! ¿Me deja usted leerlas, Cecily?

CECILY

¡Oh, no es posible! Harían que usted se sintiera engreído. (*Guarda la caja.*) Las tres que me escribió después de romper nuestro compromiso son tan bellas y tan malas ortográficamente, que aun ahora no puedo leerlas sin llorar un poco.

ALGERNON

Pero ¿rompimos nuestro compromiso?

CECILY

Naturalmente. El veintidós de mayo último. Puede verlo si quiere. (*Le enseña el diario.*) "Hoy he roto mi compromiso con Ernesto. Creo que es mejor así. El tiempo continúa siendo buenísimo."

ALGERNON

Pero ¿por qué rompimos? ¿Qué hice yo? Supongo que nada. Cecily, me ha dolido oírle decir que hemos roto. Sobre todo cuando el tiempo era tan bueno.

CECILY

No hubiera sido un compromido serio si no hubiéramos regañado por lo menos una vez. Pero le perdoné antes que transcurriera una semana.

ALGERNON

(*Acercándose a ella y arrodillándose.*) Es usted un ángel, Cecily.

CECILY

Y usted un muchacho muy romántico. (*Él la besa, ella le acaricia el pelo con los dedos.*) Supongo que sus rizos serán naturales, ¿verdad?

ALGERNON

Sí, vida mía, con un poco de ayuda.

CECILY

Me alegro.

ALGERNON

No volverá usted a romper otra vez nuestro compromiso, ¿verdad, Cecily?

CECILY

No creo que pudiera hacerlo, ahora que le conozco. Además, naturalmente, está el asunto del nombre.

ALGERNON

(*Nervioso.*) Sí, naturalmente.

CECILY

No debe reírse de mí, querido, pero siempre soñé en amar a alguien que se llamara Ernesto. (*ALGERNON se levanta, CECILY también.*) Hay algo en ese nombre que parece inspirar ciega confianza. Compadezco a la mujer casada cuyo marido no se llame Ernesto.

ALGERNON

Pero, mi querida niña, ¿quiere decir que no me amaría si yo tuviera otro nombre?

CECILY

Pero ¿qué nombre?

ALGERNON

¡Oh! Cualquier nombre... Algernon, por ejemplo...

CECILY

Pero a mí no me gusta el nombre de Algernon.

ALGERNON

Pero, cariño, amada mía, cielo, realmente no puedo comprender qué se le puede objetar al nombre de Algernon. No es un mal nombre. El hecho es que suena a bastante aristocrático. La mitad de los que son conducidos ante el tribunal de deudas se llaman Algernon. Pero de verdad, Cecily... (*Acercándose a ella.*) Si mi nombre fuera Algy, ¿no me amaría usted?

CECILY

(*Levantándose.*) Podría respetarle, Ernesto, podría admirar su carácter; pero temo que no sería capaz de prestarle mi completa atención.

ALGERNON

¡Ejem! ¡Cecily! (*Cogiendo el sombrero.*) ¿Supongo que el cura párroco de aquí tendrá mucha experiencia en la práctica de todos los ritos y ceremonias de la iglesia?
CECILY
¡Oh, sí! El doctor Chausable es un hombre muy culto. Nunca ha escrito un solo libro; así que puede usted imaginarse todo lo que sabe.

ALGERNON
Tengo que verle inmediatamente para un bautizo muy importante..., quiero decir para un asunto muy importante.

CECILY
¡Oh!

ALGERNON
Estaré fuera sólo media hora.

CECILY
Considerando que estamos prometidos desde el catorce de febrero y que hoy es la primera vez que le he visto, creo que está bastante feo que se ausente por un tiempo tan prolongado como es media hora. ¿No podrían ser veinte minutos?

ALGERNON
Regresaré al instante. (*La besa y sale corriendo por el jardín.*)

CECILY
¡Qué impetuoso es! Me gusta mucho su pelo. Debo escribir su declaración en mi diario. (*Entra MERRIMAN.*)

MERRIMAN

Cierta señorita Fairfax acaba de preguntar por el señor Worthing. Dice que es para un asunto muy importante.

CECILY

¿No está el señor Worthing en la biblioteca?

MERRIMAN

El señor Worthing se marchó hace un rato en dirección a la parroquia.

CECILY

Dígale a esa dama que haga el favor de entrar aquí. Seguramente el señor Worthing regresará pronto. Y puede traer el té.

MERRIMAN

Sí, señorita (*Sale.*)

CECILY

¡Fairfax! Supongo que será una de esas viejas damas que trabajan en colaboración con el tío John en sus asuntos filantrópicos de Londres. No me agrada que las mujeres se interesen tanto por la filantropía. Es un gran atrevimiento por su parte. (*Entra MERRIMAN.*)

MERRIMAN

La señorita Fairfax. (*Entra GWENDOLEN. Sale MERRIMAN.*)

CECILY

(Saliendo al encuentro de GWENDOLEN.) Permítame que me presente yo misma. Mi nombre es Cecily Cardew.

GWENDOLEN

¿Cecily Cardew? (*Estrechándole la mano.*) ¡Qué nombre tan dulce! Algo me dice que vamos a ser grandes amigas. Me gusta usted ya mucho. Mis primeras impresiones sobre los demás nunca son erróneas.

CECILY

Es usted muy amable al decirme eso cuando hace tan poco tiempo que nos conocemos. Siéntese, por favor.

GWENDOLEN

(*Siguiendo aún en pie.*) Puedo llamarla Cecily, ¿verdad?

CECILY

¡Encantada!

GWENDOLEN

Y usted puede llamarme Gwendolen. ¿Le parece bien?

CECILY

Si usted lo desea...

GWENDOLEN

Entonces quedamos así, ¿no?

CECILY

Está bien. (*Una pausa. Ambas se sientan.*)

GWENDOLEN

Quizá sea ésta una buena oportunidad para decirle quién soy. Mi padre es lord Bracknell. ¿Supongo que nunca habrá oído hablar de papá?

CECILY

Pues no, la verdad.

GWENDOLEN

Fuera de nuestro círculo familiar, papá, me alegra decirlo, es enteramente desconocido. Creo que así es como debe ser. El hogar es, a mi entender, la verdadera esfera del hombre. Y por cierto, cuando un hombre empieza a descuidar sus deberes domésticos se vuelve tristemente afeminado, ¿verdad? Y a mí eso no me gusta. ¡Hace a los hombres tan atractivos! Cecily: mamá, cuyos conceptos sobre la educación son extremadamente estrictos, me ha enseñado a ser una absoluta corta de vista; ésa es una parte de su sistema; por tanto, ¿no le importa que la mire a través de mis gafas?

CECILY

¡Oh! En absoluto, Gwendolen. Me agrada mucho que me miren.

GWENDOLEN

(*Después de examinar a CECILY cuidadosamente a través de sus lentes.*) ¿Estará usted aquí haciendo una visita, supongo?

CECILY

¡Oh, no! Vivo aquí.

GWENDOLEN

(*Severamente.*) ¿Eh? No hay duda de que su madre o alguna pariente suya de edad avanzada reside aquí también.

CECILY

¡Oh, no! No tengo madre ni, en realidad, ningún pariente.

GWENDOLEN

¿Cómo?

CECILY

Mi querido tutor, con la ayuda de la señorita Prism, tiene la dura tarea el cuidar de mí.

GWENDOLEN

¿Su tutor?

CECILY

Sí; soy la pupila del señor Worthing.

GWENDOLEN

¡Oh! Es extraño que nunca me haya mencionado que tenía una pupila. ¡Cómo ha guardado el secreto! Ahora lo veo más interesante aún. No estoy segura; sin embargo, de que la noticia me cause una completa alegría. (*Levantándose y acercándose hacia CECILY.*) Me agrada usted mucho, Cecily. ¡Me gustó desde el momento en que la conocí! Pero debo decir que ahora que sé que es usted la pupila del señor Worthing desearía que fuese..., bueno, un poco más vieja de lo que es... y no tan bonita. En resumen, si puedo hablar francamente...

CECILY

¡Le agradeceré que lo haga! Creo que si se tiene algo desagradable que decir, siempre se debe hablar con franqueza.

GWENDOLEN

Bien, pues hablando con absoluta franqueza, Cecily, desearía que tuviera usted cuarenta y dos años y fuera más fea de lo que se es a esa edad. Ernesto tiene un carácter fuerte y recto. Es la personificación del honor y la verdad. La deslealtad sería algo imposible en él. Pero aun los hombres del más noble carácter moral son susceptibles a la influencia de los encantos físicos de los demás. La historia moderna y también la antigua nos muestra muchos dolorosos ejemplos de lo que yo he dicho. Claro que si no fuera así, la historia sería ilegible.

CECILY

Perdón, Gwendolen, ¿ha dicho usted Ernesto?

GWENDOLEN

Sí.

CECILY

¡Oh! Ernesto Worthing no es mi tutor. Es su hermano..., su hermano mayor.

GWENDOLEN

(*Sentándose otra vez.*) Ernesto nunca me dijo que tenía un hermano.

CECILY

Siento decir que durante mucho tiempo no ha estado en buenas relaciones con él.

GWENDOLEN

¡Ah! Eso lo explica todo. Y ahora que lo pienso, nunca he oído a ningún hombre hablar de su hermano. Parecen detestar este tema. Cecily: me ha quitado un gran peso de encima. Empezaba a preocuparme. Sería terrible que alguna nube empañara una amistad como la nuestra, ¿verdad? ¿Supongo que estará usted segura completamente segura, de que el señor Worthing no es su tutor?

CECILY

Completamente segura. (*Pausa.*) La verdad es que soy yo la que va a ser su tutora.

GWENDOLEN

(*Inquisitivamente.*) ¿Cómo dice?

CECILY

(*Confidencialmente.*) Querida Gwendolen: no hay razón para que le guarde a usted el secreto. Nuestro periodicucho local lo publicará la semana que viene. Ernesto Worthing y yo nos hemos prometido y nos casaremos.

GWENDOLEN

(*Con tono muy cortés, levantándose.*) Mi querida Cecily: creo que aquí debe de haber un ligero error. Ernesto Worthing es mi prometido. La noticia saldrá en el *Morning Post* el sábado como muy tarde.

CECILY

(*También con mucha cortesía, levantándose.*) Temo que esté usted equivocada. Ernesto se me declaró hace exactamente diez minutos. (*Le muestra su diario.*)

GWENDOLEN

(*Examina el diario atentamente por medio de sus lentes.*) Ciertamente esto es muy curioso, porque él me pidió que fuera su esposa ayer por la tarde a las cinco y media. Si quiere estar segura de la veracidad de este hecho, le ruego que mire aquí. (*Saca su propio diario.*) Nunca viajo sin mi diario. Siempre se debe llevar algo sensacional para leer en el tren. Siento, querida Cecily, que se lleve usted esta desilusión, pero creo que tengo derecho de primacía.

CECILY

Sentiría, querida Gwendolen, causarle un dolor mental o físico, pero creo que desde que Ernesto se declaró a usted está bastante claro que ha cambiado de opinión.

GWENDOLEN

(*Con aire meditativo.*) Si el pobre muchacho se ha dejado atrapar por una tonta promesa, considero mi deber rescatarle en seguida y con mano firme.

CECILY

(*En tono triste y pensativo.*) Sea cual fuere el infortunado embrollo en que se ha metido mi prometido, nunca se lo reprocharé después de casados.

GWENDOLEN

¿Alude usted a mí, señorita Cardew, cuando habla de embrollo? Es usted una presuntuosa. En una ocasión como ésta es más que un deber moral decir lo que se piensa. Es un placer.

CECILY

¿Sugiere usted, señorita Fairfax, que yo cacé a Ernesto en una trampa? ¿Cómo se atreve? Éste no es el momento de andar fingiendo. Cuando veo una azada, la llamo azada.

GWENDOLEN

(*Burlonamente.*) Me alegro de poder decir que nunca he visto una azada. Claro que nuestras esferas sociales son completamente diferentes. (*Entra MERRIMAN seguido de un criado. Trae una bandeja, un mantel y el servicio de té. CECILY va a contestar, pero la presencia de los sirvientes ejerce una influencia tranquilizante en las dos muchachas, que, aunque irritadas, se contienen.*)

MERRIMAN

¿Sirvo el té aquí, como de costumbre, señorita?

CECILY

(*Severamente, con calma.*) Sí, como de costumbre. (*MERRIMAN empieza a quitar las cosas de la mesa y después coloca el mantel. Larga pausa. CECILY y GWENDOLEN se miran.*)

GWENDOLEN

¿Hay excursiones interesantes que hacer aquí, señorita Cardew?

CECILY

¡Oh, sí! Muchas. Desde lo alto de una de las colinas se pueden ver cinco provincias.

GWENDOLEN

¡Cinco provincias! No creo que eso me gustara. Odio las aglomeraciones.

CECILY

(Dulcemente.) Supongo que por eso vive usted en la capital ¿no? (*GWENDOLEN se muerde el labio y se golpea el pie nerviosamente con su sombrilla.*)

GWENDOLEN

(*Mirando a su alrededor.*) Éste jardín está bien cuidado, señorita Cardew.

CECILY

Me alegro de que le guste, señorita Fairfax.

GWENDOLEN

No tenía idea de que hubiese flores en el campo.

CECILY

¡Oh! Las flores son muy corrientes aquí, como la gente en Londres.

GWENDOLEN

Personalmente no puedo comprender cómo la gente puede vivir en el campo, si es que alguien lo hace. El campo siempre me aburre enormemente.

CECILY

¡Ah! Eso es lo que los periódicos llaman la depresión agrícola, ¿verdad? Creo que en la actualidad la aristocracia la padece mucho. Es casi una epidemia entre ellos, según me han dicho. ¿Puede ofrecerle un poco de té, señorita Fairfax?

GWENDOLEN

(*Con gran amabilidad.*) Gracias. (*Aparte.*) ¡Odiosa muchacha! ¡Pero necesito té!

CECILY

(*Dulcemente.*) ¿Azúcar?

GWENDOLEN

(*Con arrogancia.*) No, gracias. El azúcar ya no está de moda. (*CECILY la mira con ira, toma el azucarero y pone cuatro terrones de azúcar en la taza.*)

CECILY

(*En tono seco.*) ¿Pastel o pan con mantequilla?

GWENDOLEN

(*Con un ademán aburrido.*) Pan con mantequilla, por favor. El pastel raramente se ve hoy en día en las buenas casas de Londres.

CECILY

(*Corta un trozo grande de pastel y lo pone sobre la bandeja.*) Déle esto a la señorita Fairfax. (*MERRIMAN lo hace y se va con el criado. GWENDOLEN bebe el té y hace una mueca. Deja rápidamente la taza; va a coger su pan con mantequilla, lo mira y ve que es pastel. Se levanta indignada.*)

GWENDOLEN

Ha llenado mi té de terrones de azúcar y aunque yo le pedí pan y mantequilla, me ha dado usted pastel. Soy conocida por mi gentil disposición y la extraordinaria dulzura de mi carácter, pero ahora, señorita Cardew, ha ido usted demasiado lejos.

CECILY

(*Levantándose.*) Por salvar a mi pobre e inocente Ernesto de las maquinaciones de cualquier otra mujer iría hasta donde fuera necesario.

GWENDOLEN

Desde el momento en que la vi desconfié de usted. Noté que era falsa y atrevida. Nunca me equivoco en estas cosas. Mis primeras impresiones son siempre ciertas.

CECILY

Me parece, señorita Fairfax, que estoy haciéndole perder un valioso tiempo. No hay duda de que tendrá que hacer otras muchas visitas de carácter similar en la vecindad. (*Entra JOHN.*)

GWENDOLEN

(*Al darse cuenta de su llegada.*) ¡Ernesto! ¡Mi querido Ernesto!

JOHN

¡Gwendolen! ¡Vida mía! (*Va a besarla.*)

GWENDOLEN

(*Retrocediendo.*) ¡Un momerto! ¿Puedo preguntarle si está comprometido con esta joven? (*Señalando a CECILY.*)

JOHN

(*Riendo.*) ¿Con la pequeña y querida Cecily? ¡Naturalmente que no! ¿Qué ha hecho que se forje esa idea en su bella cabecita?

GWENDOLEN

¡Gracias! Puede besarme. (*Le ofrece la mejilla.*)

CECILY

(*Muy dulcemente.*) Ya sabía que debía de haber algún mal entendido, señorita Fairfax. El caballero cuyo brazo rodea su cintura es mi tutor, mister John Worthing.

GWENDOLEN

¿Cómo?

CECILY

Es el tío John.

GWENDOLEN

(*Retrocediendo.*) ¡John! ¡Oh! *(Entra ALGERNON.)*

CECILY

Aquí está Ernesto.

ALGERNON

(Va derecho hacia CECILY sin darse cuenta de que hay alguien más en la habitación.) ¡Amor mío! *(Va a besarla.)*

CECILY

(*Retrocediendo.*) ¡Un momento, Ernesto! ¿Puedo preguntarle... si ha hecho usted promesa de matrimonio a esta joven?

ALGERNON

(Mirando a su alrededor.) ¿A qué joven? ¡Cielo santo! ¡Gwendolen!

CECILY

¡Sí! ¡Cielo santo, Gwendolen! A Gwendolen me refiero.

ALGERNON

(*Riendo.*) ¡Naturalmente que no! ¿Quién ha metido esa idea en su bella cabecita?

CECILY

Gracias. (*Poniendo la mejilla para que se la bese.*) Ahora puede. (*ALGERNON la besa.*)

GWENDOLEN

Creo que aquí hay un ligero error, miss Cardew. El caballero que ahora la abraza es mi primo, Algernon Moncrieff.

CECILY

(*Separándose de ALGERNON.*) ¡Algernon Moncrieff! ¡Oh! (*Las dos muchachas se acercan la una a la otra y se cogen de la cintura como para protegerse mutuamente.*) ¿Se llama usted Algernon?

ALGERNON

No puedo negarlo.

CECILY

¡Oh!

GWENDOLEN

¿Su nombre es realmente John?

JOHN

(*Con cierto orgullo.*) Podría negarlo si quisiera. Si quisiera podría negarlo todo. Pero mi nombre es de verdad John. Ha sido John durante muchos años.

CECILY

(*A GWENDOLEN.*) Ambas hemos sufrido una gran decepción.

GWENDOLEN

¡Mi pobre Cecily, ofendida!

CECILY

¡Mi estimada Gwendolen, agraviada!

GWENDOLEN

(*Hablando despacio y muy seria.*) No le importará llamarme hermana, ¿verdad? (*Se abrazan, JOHN y ALGERNON hablan en voz baja, andando de un lado para otro.*)

CECILY

Hay una pregunta que quiero hacerle a mi tutor.

GWENDOLEN

¡Una admirable idea! Señor Worthing: hay una pregunta que quisiera hacerle. ¿Dónde está su hermano Ernesto? Las dos estamos prometidas a su hermano Ernesto; así que para nosotras es un asunto de gran importancia saber dónde está su hermano Ernesto.

JOHN

(*Con lentitud y tono vacilante.*) Gwendolen..., Cecily... Es muy doloroso para mí verme obligado a decir la verdad. Es la primera vez en mi vida que tengo que pasar por un trance tan cruel, y realmente no tengo experiencia de cómo debo hacerlo. Sin embargo, diré francamente que no tengo ningún hermano que se llame Ernesto. En verdad, no tengo ningún hermano. Nunca en mi vida he tenido ninguno, y sin duda no tengo la menor intención de tenerlo en un futuro.

CECILY

(*Sorprendida.*) ¿Ningún hermano?

JOHN

(*Con alegría.*) Ninguno.

GWENDOLEN

(*Severamente.*) ¿Nunca he tenido hermano alguno?

JOHN

(*Otra vez alegremente.*) Nunca. Ningún hermano.

GWENDOLEN

Temo que está bastante claro, Cecily, que ninguno de nosotras está prometida con nadie.

CECILY

No es muy agradable para una joven encontrarse de repente en una posición como ésta, ¿verdad?

GWENDOLEN

Entremos en casa. No creo que se atrevan a seguirnos allí.

CECILY

No. ¡Los hombres son tan cobardes! ¿No es cierto? (*Entran en la casa después de mirarlos desdeñosamente.*)

JOHN

Supongo que este lamentable estado de cosas es lo que tú llamas bunburysmo, ¿no?

ALGERNON

Sí, y éste es un bunburysmo ciertamente maravilloso. El mejor de toda mi vida.

JOHN

Bueno, pues no tienes ningún derecho a practicar el bunburysmo aquí.

ALGERNON

Eso es absurdo. Uno tiene derecho a bunburyzar en cualquier parte. Todo bunburysta serio sabe eso.

JOHN

¡Bunburysta serio! ¡Cielo santo!

ALGERNON

Bueno, hay que ser serio en algo si se quiere tener una diversión en la vida. A mí se me ocurre ser serio con el bunburysmo. No tengo ni la menor idea de lo que tú te tomas en serio. Presumo que te lo tomas todo. Tienes un carácter completamente trivial.

JOHN

Bueno, la única satisfacción que tengo en todo este lío es que tu amigo Bunbury ha dejado de existir. No serás capaz de venir al campo tan frecuentemente como solías hacerlo, querido Algy. Eso es una buena cosa.

ALGERNON

Tu hermano también está un poco acabado, ¿verdad, querido John? No podrás ir a Londres tan a menudo como tenías por costumbre. Eso tampoco es una mala cosa.

JOHN

En cuanto a tu conducta con la señorita Cardew, debo decirte que hacer eso con una muchacha tan dulce, sencilla e inocente como ella es algo por completo inexcusable. Sin mencionar el hecho de que ella es mi pupila.

ALGERNON

No hay disculpa posible para tu manera de actuar con una muchacha tan inteligente y experimentada como la señorita Fairfax, sin mencionar el hecho de que ella es mi prima.

JOHN

Yo pienso casarme con Gwendolen, eso es todo. La amo.

ALGERNON

Bien; yo simplemente quiero casarme con Cecily. La adoro.

JOHN

La verdad, no creo que tengas muchas posibilidades de casarte con la señorita Cardew.

ALGERNON

No creo que pueda llegar a realizarse tu matrimonio con la señorita Fairfax.

JOHN

Bueno; eso no es cuenta tuya.

ALGERNON

Si fuera cuenta mía no hablaría de ello. *(Empieza a comer pasteles.)* Es muy vulgar hablar de lo que nos incumbe. Sólo los que son como los agentes de bolsa lo hacen, y aun así sólo en los banquetes.

JOHN

¿Cómo puedes estar ahí tan tranquilo comiendo pasteles cuando tenemos este horrible problema? Me pareces un ser sin corazón.

ALGERNON

No puedo comer pasteles cuando estoy nervioso. Probablemente me mancharía los puños de mantequilla. Siempre se pueden comer pasteles estando tranquilo. Es la única manera de poder comerlos.

JOHN

Creo que demuestras no tener corazón al poder comer pasteles en estas circunstancias.

ALGERNON

Cuando tengo alguna preocupación, comer es lo único que me consuela. Cuando tengo un problema realmente grande, todos los que me conocen íntimamente pueden decirte que me niego a todo excepto a comer y a beber. Ahora presente estoy comiendo pasteles porque soy desgraciado. Además, los pasteles me gustan mucho. (*Se levanta.*)

JOHN

(*Se levanta.*) Bueno, ésa no es razón para que te los comas todos de forma tan voraz. (*Le quita los pasteles a ALGERNON.*)

ALGERNON

(*Ofreciéndole el pastel del té.*) Desearía que te comieses éste en vez de los pasteles. A mí me gustan más.

JOHN

¡Cielos! Supongo que uno puede comerse sus pasteles en su propio jardín.

ALGERNON

Pero tú acabas de decir que se demuestra no tener corazón al comer pasteles.

JOHN

Eso lo dije por ti en estas circunstancias. Eso es una cosa muy diferente.

ALGERNON

Puede ser, pero los pasteles son los mismos. (*Le quita a John la bandeja de los pasteles.*)

JOHN

Algy, me gustaría que tuvieras la bondad de irte.

ALGERNON

No puedes decirme que me vaya sin haber comido algo. Es absurdo. Nunca me voy sin comer. Nadie lo hace, excepto los vegetarianos y tipos así. Además, he quedado con el doctor Chausable para ser bautizado a la seis menos cuarto con el nombre de Ernesto.

JOHN

Mi querido amigo, cuanto más pronto dejes de pensar en hacer esa tontería, mejor. He quedado esta mañana con el doctor Chausable para ser bautizado a las cinco y media, y naturalmente será con el nombre de Ernesto. Gwendolen lo desea así. No podemos bautizarnos los dos con el nombre de Ernesto. Es absurdo. Además, tengo perfecto derecho a ser bautizado si quiero. No hay pruebas de que yo haya sido bautizado por nadie. Creo que es muy posible que no lo esté, y lo mismo cree el doctor Chausable. En tu caso es completamente diferente. Tú has sido bautizado ya.

ALGERNON

Sí, pero eso ocurrió hace muchos años.

JOHN

Sí, pero has sido bautizado. Eso es lo importante.

ALGERNON

Cierto. Por eso sé que mi constitución podrá resistirlo. Si tú no estás completamente seguro de haber sido bautizado, debo decirte que es peligroso aventurarse a hacerlo ahora. Podría ser perjudicial. No debes olvidar que alguien muy relacionado contigo ha estado a punto de morirse en París de un fuerte resfriado.

JOHN

Sí, pero tú mismo dijiste que un fuerte resfriado no es hereditario.

ALGERNON

Corrientemente no, ya lo sé...; pero ahora me atrevo a decir que sí. La ciencia siempre está haciendo progresos extraordinarios.

JOHN

(*Haciéndose con la bandeja con los pasteles.*) ¡Oh! Eso es una bobada. Siempre estás diciendo bobadas.

ALGERNON

¡John, otra vez con los pasteles! Desearía que los dejaras. Sólo hay dos. (*Los atenaza.*) Te he dicho que los pasteles me gustan muchísimo.

JOHN

Pero yo odio el pastel de té.

ALGERNON

Entonces ¿por qué diablos permites que se le sirva a tus invitados? ¡Qué ideas tienes sobre la hospitalidad?

JOHN

¡Algernon! Ya te he dicho que te vayas. No te quiero aquí. ¿Por qué no te vas?

ALGERNON

¡Todavía no he tomado el té! Y aún queda un pastel. (*JOHN suspira y se deja caer en una butaca. ALGERNON continúa comiendo.*)

ACTO TERCERO

La escena representa el salón de Manor House, Woolton. GWENDOLEN y CECILY están junto a la ventana mirando al jardín.

GWENDOLEN

El hecho de que no nos hayan seguido, como cualquier otro hubiera hecho, me parece que demuestra que aún les queda algún sentido de la vergüenza.

CECILY

Han estado comiendo pasteles. Parecen arrepentidos.

GWENDOLEN

(*Después de una pausa.*) Están como si no se dieran cuenta de nuestra presencia. ¿No podría usted toser?

CECILY

No estoy acatarrada.

GWENDOLEN

Nos miran. ¡Qué descaro!

CECILY

Se acercan. ¡Qué osadía!

GWENDOLEN

Guardemos un digno silencio.

CECILY

Ciertamente. Es lo único que podemos hacer ahora.(*Entra JOHN seguido de ALGERNON. Vienen silbando un aire popular de una opereta inglesa.*)

GWENDOLEN

Este digno silencio parece producir un efecto desagradable.

CECILY

De lo más deplorable.

GWENDOLEN

Pero nosotras no debemos ser las primeras en hablar.

CECILY

Naturalmente que no.

GWENDOLEN

Señor Worthing, tengo algo muy particular que preguntarle. Muchas cosas dependen de su contestación.

CECILY

Gwendolen, su sentido común es inapreciable. Señor Moncrieff, contésteme a la siguiente pregunta: ¿Por qué pretendió pasar por hermano de mi tutor?

ALGERNON

Para tener una oportunidad de conocerla.

CECILY

(*A GWENDOLEN.*) Ésa es una explicación satisfactoria, ¿verdad?

GWENDOLEN

Sí, querida, si puede usted creerle.

CECILY

No le creo. Pero eso no importa para la escandalosa belleza de su respuesta.

GWENDOLEN

Cierto. En los asuntos de gran importancia, lo vital es el estilo, no la sinceridad. Señor Worthing, ¿qué explicación puede usted ofrecerme por pretender haber tenido un hermano? ¿Era para tener la oportunidad de venir a verme a Londres lo más frecuentemente posible?

JOHN

¿Puede usted dudarlo, señorita Fairfax?

GWENDOLEN

Tengo grandes dudas sobre el asunto. Pero intento desecharlas. Éste no es momento de escepticismos de estilo alemán. (*Dirigiéndose a CECILY.*) Sus explicaciones parecen ser por completo satisfactorias, especialmente las del señor Worthing. Parece haber en ellas el sello de la verdad.

CECILY

Yo estoy más contenta con la que ha dicho el señor Moncrieff. Su sola voz me inspira absoluta credulidad.

GWENDOLEN

Entonces ¿cree usted que deberíamos perdonarlos?

CECILY

Sí, creo que sí.

GWENDOLEN

¡Cierto! Yo ya he perdonado. Hay principios que no se pueden olvidar. ¿Cuál de nosotras se lo dirá? La tarea no es agradable.

CECILY

¿No podemos hablar las dos al mismo tiempo?

GWENDOLEN

¡Una excelente idea! Yo siempre hablo al mismo tiempo que los demás. ¿Quiere usted que yo le dé la pauta?

CECILY

Desde luego. (*GWENDOLEN lleva el compás con el dedo.*)

GWENDOLEN y CECILY

(*Hablando a la vez.*) Sus nombres de pila son todavía una barrera infranqueable. ¡Eso es todo!

JOHN y ALGERNON

(*Hablando a la vez.*) ¿Nuestros nombres de pila? ¿Eso es todo? Pero nosotros vamos a bautizarnos esta tarde.

GWENDOLEN

(*A JOHN.*) ¿Está usted dispuesto a hacer esa horrible cosa por mí?

CECILY

(*A ALGERNON.*) ¿Por mi causa va usted a hacer frente a esa terrible situación?

ALGERNON

¡Sí!

GWENDOLEN

¡Qué absurdo es hablar de la igualdad de los sexos! En lo que se refiere a sacrificarse, los hombres llegan infinitamente más lejos que nosotras.

JOHN

Nosotros somos así. (*Estrecha la mano de ALGERNON.*)

CECILY

Tienen impulsos de valor de los cuales las mujeres no saben absolutamente nada.

GWENDOLEN

(*A JOHN.*) ¡Vida mía!

ALGERNON

(A CECILY.) ¡Vida mía! (*Entra MERRIMAN. Al ver la situación tose fuertemente.*)

MERRIMAN

¡Ejem! ¡Ejem! ¡Lady Bracknell!

JOHN

¡Cielo santo! (*Entra LADY BRACKNELl; las parejas se separan rápidamente. MERRIMAN se va.*)

LADY BRACKNELL

¡Gwendolen! ¿Qué significa esto?

GWENDOLEN

Simplemente que soy la novia del señor Worthing, mamá.

LADY BRACKNELL

Ven aquí. Siéntate. Siéntate inmediatamente. La vacilación de cualquier clase es un signo de decadencia mental en los jóvenes y de decadencia física en los viejos. (*Se vuelve a JOHN.*) Señor, cuando me enteré de la rápida marcha de mi hija por boca de su doncella, cuyas confidencias compré por unas cuantas monedas, la seguí inmediatamente en un mercancías. Su infortunado padre cree, me alegra decirlo, que está oyendo una conferencia más larga de lo corriente en el Círculo de

Ampliación Universitaria sobre la "Influencia de la renta permanente en el pensamiento". No quiero desengañarle. Realmente jamás lo he desengañado de nada. Lo considero una equivocación. Pero desde luego puede entender sin dificultad que toda relación entre usted y mi hija debe cesar inmediatamente. Sobre este punto, como sobre todos los puntos, estoy firme.

JOHN
¡Estoy prometido a Gwendolen, lady Bracknell!

LADY BRACKNELL
Usted no está prometido con nadie, señor. Y ahora que veo a Algernon... ¡Algernon!

ALGERNON
Sí, tía Augusta.

LADY BRACKNELL
¿Puedo saber si es en esta casa donde reside ese amigo tuyo inválido llamado Bunbury?

ALGERNON
(*Tartamudeando.*) ¡Oh! ¡No! Bunbury no vive aquí. No sé dónde estará en este momento. En resumen, Bunbury ha muerto.

LADY BRACKNELL
¡Muerto! ¿Cuándo murió? Su muerte debe de haber sido extremadamente repentina.

ALGERNON
(*Con tono alegre.*) ¡Oh! A Bunbury lo he matado esta tarde. Quiero decir que el pobre Bunbury ha muerto esta tarde.

LADY BRACKNELL
¿De qué ha muerto?

ALGERNON
¿Bunbury? ¡Oh! Explotó de pronto.

LADY BRACKNELL
¡Explotó! ¿Fue víctima de un atentado terrorista? No sabía que Bunbury estuviera interesado por la legislación social. Si era así, le está bien empleado por su morbosidad.

ALGERNON
Mi querida tía Augusta. ¡quiero decir que fue descubierto! Los doctores descubrieron que no podía vivir, eso es lo que quise decir...; así que Bunbury murió.

LADY BRACKNELL
Parece haber tenido gran confianza en la opinión de los médicos. Me alegro, sin embargo, de que al fin se decidiera a hacer una cosa definitiva por prescripción médica. Y ahora que ya nos hemos desembarazado de ese Bunbury, ¿puedo saber, señor Worthing, quién es esa joven cuya mano tiene cogida mi sobrino Algernon de una forma que me parece totalmente innecesaria?

JOHN
Esa señorita es Cecily Cardew, mi pupila. (*LADY BRACKNELL saluda friamente a CECILY.*)

ALGERNON
Voy a casarme con Cecily, tía Augusta.

LADY BRACKNELL
¿Cómo dices?

CECILY

El señor Moncrieff y yo vamos a casarnos, lady Bracknell.

LADY BRACKNELL

(*Con un estremecimiento, va hacia el sofá y se sienta.*) No sé si hay una peculiar excitación en el ambiente de esta parte de Hertfordshire, pero el número de compromisos que hay me parece que supera considerablemente a las estadísticas. Creo que algunas preguntas preliminares por mi parte no estarían fuera de lugar. Señor Worthing ¿está relacionada la señorita Cardew con alguna de las grandes estaciones de ferrocarril de Londres? Simplemente es como información. Hasta aquí no tenía idea de que había familias o personas cuyo origen era una estación terminal. (*JOHN se pone furiosísimo, pero se contiene.*)

JOHN

(*Con voz clara y fría.*) La señorita Cardew es nieta del último señor Thomas Cardew, de Beigrave Square, ciento cuarenta y nueve, "S." "W."; Gervase Park, Dorking, Surrey, y Sporran, Fifeshire, "N." "13."

LADY BRACKNELL

Eso es satisfactorio. Tres direcciones siempre inspiran confianza, hasta en los comerciantes. Pero ¿qué pruebas tiene de su autenticidad?

JOHN

He conservado cuidadosamente las guías de aquella época. Están a su disposición, lady Bracknell.

LADY DRACKNELL

(*Ásperamente.*) Sé que hay varios errores en esas publicaciones.

JOHN

Los abogados de la familia de la señorita Cardew son los señores Markby, Markby y Markby.

LADY BRACKNELL

¿Markby, Markby y Markby? Una firma de la más alta garantía en su profesión. Me han dicho que uno de los Markby ha sido visto a veces en los banquetes de sociedad. Estoy satisfecha.

JOHN

(*Muy irritado.*) ¡Qué amable es usted, lady Bracknell! También tengo en mi poder, si le agrada saberlo, el certificado de nacimiento de la señorita Cardew, los de bautismo, tos ferina, vacunación, confirmación y sarampión; todos en alemán y en inglés.

LADY BRACKNELL

¡Ah! Una vida llena de incidentes, según veo; aunque quizá sea demasiado excitante para una mujer joven. No me gustan las experiencias prematuras. (*Se levanta, mira su reloj.*) ¡Gwendolen! Ha llegado el momento de marcharnos No tenemos tiempo que perder. Por pura fórmula, señor Worthing, ¿tiene la señorita Cardew alguna fortuna?

JOHN

¡Oh! Unas ciento treinta mil libras en fondos públicos. Eso es todo. Adiós, lady Bracknell. Me alegro de haberla visto.

LADY BRACKNELL

(*Sentándose otra vez.*) Un momento, señor Worthing ¡Ciento treinta mil libras! ¡Y en fondos públicos! La señorita Cardew me parece una muchacha muy atractiva, ahora que la miro bien. Pocas muchachas hoy día tienen cualidades realmente sólidas, cualidades de esas que perduran y que se pueden mejorar con el tiempo. Vivimos, siento decirlo, en una época de superficialidades. (*A CECILY.*) Venga aquí, querida. (*CECILY se acerca.*) ¡Encantadora muchacha! Sus vestidos son demasiado simples y su pelo demasiado natural. Pero eso podemos arreglarlo pronto. Una experimentada doncella francesa obtendrá un magnífico resultado en corto tiempo. Recuerdo que le recomendé una a la joven lady Lancing y a los tres meses no la conocía su marido.

JOHN

Y a los seis meses no la conocía nadie.

LADY BRACKNELL

(*Mira a JOHN con irritación unos instantes. Después sonríe estudiadamente a CECILY.*) Sea usted tan amable de volverse, querida niña. (*CECILY da una vuelta completa.*) No, el perfil es lo que quiero ver. (*CECILY se pone de perfil.*) Sí, exactamente como yo esperaba. Hay distintas posibilidades sociales en su perfil. Los dos puntos flacos de nuestra época son carencia de principios y la carencia de perfil. La barbilla un poco más alta, querida. El estilo depende de la forma en que se lleve la barbilla. Ahora se lleva muy alta. ¡Algernon!

ALGERNON

¡Sí, tía Augusta!

LADY BRACKNELL

Hay distintas posibilidades sociales en el perfil de la señorita Cardew.

ALGERNON

Cecily es la más dulce, la más bella, la más maravillosa muchacha del mundo entero. Y me importan un comino las posibilidades sociales.

LADY BRACKNELL

Nunca hables irrespetuosamente de la sociedad, Algernon. Sólo la gente que no puede formar parte de ella lo hace. (*A CECILY.*) Querida niña, naturalmente sabrá usted que Algernon no tiene más que deudas. Pero yo no apruebo los matrimonios interesados. Cuando me casé con lord Bracknell yo no tenía fortuna de ninguna clase, pero no soñé ni nor un momento en permitir que esto fuera un obstáculo en mi camino. Bien, supongo que debo dar mi consentimiento.

ALGERNON

Gracias, tía Augusta.

LADY BRACKNELT.

¡Cecily, puede besarme!

CECILY

(*La besa.*) Gracias, lady Bracknell.

LADY BRACKNELL

Para el futuro puedes llamarme tía Augusta.

CECILY

Gracias, tía Augusta.

LADY BRACKNELL

Creo que lo mejor sería que el matrimonio se celebrara pronto.

ALGERNON

Gracias, tía Augusta.

CECILY

Gracias, tía Augusta.

LADY BRACKNELL

Hablando francamente, no soy partidaria de las relaciones largas. Dan oportunidad a los novios de llegar a conocer sus caracteres, lo cual creo que no es aconsejable.

JOHN

Perdone que la interrumpa, lady Bracknell, pero de ese matrimonio no hay ni que hablar. Yo soy el tutor de la señorita Cardew y ella no puede casarse sin mi consentimiento hasta que no sea mayor de edad. Y me niego en absoluto a dar ese consentimiento.

LADY BRACKNELL

¿Puedo saber por qué motivos? Algernon es un partido extremadamente, y casi puedo decir ostentosamente, aceptable. No tiene nada, pero parece que tiene mucho. ¿Qué más se puede desear?

JOHN

Me apena tener que hablar francamente, lady Bracknell, acerca de su sobrino, pero el hecho es que yo no apruebo en absoluto su sentido de la moral. Sospecho que es un mentiroso. (*ALGERNON y CECILY le miran con indignado asombro.*)

LADY BRACKNELL

¿Mentiroso? ¿Mi sobrino Algernon? ¡Imposible! Es un estudiante de Oxford.

JOHN

Temo que no haya duda posible sobre ese asunto. Esta tarde, durante mi estancia en Londres para un importante asunto personal, penetró en mi casa haciéndose pasar por mi hermano. Bajo este nombre falso se ha bebido, según me ha informado el mayordomo, una botella entera de mi Pierres-Jonet, Brut del ochenta y nueve, un vino que yo guardaba especialmente para mí. Continuando su vergonzosa impostura, durante la tarde ha conseguido granjearse el afecto de mi única pupila. Después ha tomado el té, comiéndose todos los pasteles. Y lo que hace su conducta más vergonzosa aún es que él sabía que yo no tengo hermano, que nunca lo he tenido y que no pretendo tenerlo en absoluto. Yo mismo se lo dije así ayer por la tarde.

LADY BRACKNELL

¡Ejem! Señor Worthing, después de cuidadosa consideración, he decidido no tener en cuenta la conducta de mi sobrino con usted.

JOHN

Es muy generoso por su parte, lady Bracknell. Mi decisión, sin embargo, es irrevocable. Me niego a dar mi consentimiento.

LADY BRACKNELL

(*A CECILY.*) Venga aquí, querida. (*CECILY se acerca.*) ¿Cuántos años tiene?

CECILY

Bueno, realmente tengo dieciocho, pero siempre digo que tengo veinte cuando voy a las fiestas.

LADY BRACKNELL

Tiene usted perfecto derecho a hacer alguna ligera alteración. Realmente una mujer nunca debe decir su verdadera edad. Eso parece tan calculador... (*Con gesto pensativo.*) Dieciocho, pero diciendo que veinte en las fiestas... Bien, no falta mucho para que esté libre de las restricciones de la tutela. Así, pues, creo que el consentimiento de su tutor es, después de todo, una cosa sin importancia.

JOHN

Le ruego que me perdone, lady Bracknell, por interrumpirla otra vez, pero debo decirle que, de acuerdo con el testamento del abuelo de la señorita Cardew, ella no será mayor de edad hasta los treinta y cinco años.

LADY BRACKNELL

Eso no me parece un problema importante. Treinta y cinco años es una edad muy atractiva. Londres está lleno de mujeres de alta alcurnia que tienen desde hace mucho tiempo y por propia voluntad treinta y cinco años. Lady Dumbleton es un ejemplo de ello. Creo que tiene treinta y cinco desde que llegó a los cuarenta, lo cual fue hace bastantes años. No veo razón para que nuestra querida Cecily no sea más atractiva a la edad que usted ha mencionado que ahora en el presente. Además, sus bienes habrán aumentado mucho.

CECILY

Algy, ¿podrá usted esperarme hasta que tenga treinta y cinco años?

ALGERNON

Naturalmente que sí, Cecily. Usted sabe que podré.

CECILY

Sí, lo sé instintivamente, pero yo no puedo esperar todo ese tiempo. Odio esperar a alguien, aunque sólo sea cinco minutos. Siempre me hace enfadarme. Sé que yo no soy puntual, pero me gusta la puntualidad en los demás, y por eso es imposible que yo pueda esperar, ni aunque sea para casarme.

ALGERNON

Entonces ¿qué vamos a hacer, Cecily?

CECILY

No lo sé, señor Moncrieff.

LADY BRACKNELL

Mi querido Worthing, como la señorita Cardew sabe positivamente que no puede esperar hasta los treinta y cinco años, afirmación que a mí me parece que muestra un carácter bastante impaciente, le ruego a usted que vuelva a considerar su decisión.

JOHN

Pero, mi querida lady Bracknell, el asunto está enteramente en sus manos. En el momento en que usted consienta mi matrimonio con Gwendolen, tendré sumo gusto en permitir el enlace de su sobrino con mi pupila.

LADY BRACKNELL

(*Levantándose muy erguida.*) Debe darse perfecta cuenta de que su proposición está fuera de lugar.

JOHN

Entonces un celibato apasionado es lo que a todos nosotros nos espera.

LADY BRACKNELL

Ése no es el destino que yo me he propuesto para Gwendolen. Algernon, naturalmente, puede elegir por sí mismo. (*Saca su reloj.*) Vamos, querida. (*GWENDOLEN se levanta.*) Hemos perdido ya cinco o seis trenes. Si perdemos algunos más podríamos exponernos a comentarios en el andén. (*Entra el doctor CHAUSABLE.*)

CHAUSABLE

Está todo preparado para los bautizos.

LADY BRACKNELL

¿Los bautizos, señor? ¿No es algo prematuro?

CHAUSABLE

(*Bastante asombrado y señalando a JOHN y ALGERNON.*) Esos dos caballeros han expresado su deseo de recibir un bautismo inmediato.

LADY BRACKNELL

¿A su edad? ¡La idea es grotesca e irreligiosa! Algernon, te prohíbo que te bautices. No quiero ni oír hablar de tales excesos. Lord Bracknell se enfadaría mucho si supiera la forma en que gastas tu tiempo y tu dinero.

CHAUSABLE

¿Debo entender entonces que no habrá bautizos en toda la tarde?

JOHN

Tal y como ahora están las cosas no creo que tuviera mucho valor práctico para nosotros, doctor Chausable.

CHAUSABLE

Me entristece ver que tiene usted esos sentimientos, señor Worthing. Se parecen a las ideas heréticas de los anabaptistas, ideas que yo he combatido en cuatro de mis sermones inéditos. Sin embargo, como su disposición de ánimo en este momento me parece profana volveré a la iglesia inmediatamente. Realmente el sacristán me acaba de decir que hace hora y media que la señorita Prism me está esperando en la sacristía.

LADY BRACKNELL

(*Estremeciéndose.*) ¡La señorita Prism! ¿Le he oído mencionar a la señorita Prism?

CHAUSABLE

Sí, lady Bracknell. Ahora voy a reunirme con ella.

LADY BRACKNELL

Le ruego que me permita entretenerle un momento. Este asunto puede tener una importancia vital para lord Bracknell y para mí. ¿Esa señorita Prism es una mujer de aspecto repelente, remotamente relacionada con la enseñanza?

CHAUSABLE

(*Algo indignado.*) Es la más cultivada de las mujeres y el vivo retrato de la respetabilidad.

LADY BRACKNELL

Desde luego es la misma persona. ¿Puedo saber qué posición ocupa en su casa?

CHAUSABLE

(*Severamente.*) Soy soltero, señora.

JOHN

(*Interviniendo.*) Lady Bracknell, la señorita Prism ha sido durante los últimos tres años institutriz y gran amiga de Cecily Cardew.

LADY BRACKNELL

A pesar de lo que oigo de ella debo verla inmediatamente. Manden a buscarla.

CHAUSABLE

(*Mirando hacia afuera.*) Aquí viene. Ya llega. (*Entra la SEÑORITA PRISM muy de prisa.*)

SRTA. PRISM

Me dijeron que me esperaba en la sacristía, querido canónigo. Le he aguardado a usted durante una hora y tres cuartos. (*Ve a LADY BRACKNELL, que la observa fijamente con una mirada petrificadora. La institutriz se pone pálida. Mira ansiosamente a su alrededor como en busca de escape.*)

LADY BRACKNELL

(*Con voz severa como si fuera un juez.*) ¡Prism! (*Ella baja la cabeza avergonzada.*) ¡Venga aquí, Prism! (*La SEÑORITA PRISM se acerca con aire humillado.*) ¡Prism! ¿Dónde está el niño? (*Consternación general. El canónigo retrocede horrorizado. ALGERNON y JOHN fingen querer impedir que CECILY y GWENDOLEN oigan los detalles de un terrible escándalo público.*) Hace veintiocho años, Prism, dejó usted la casa de lord Bracknell en Uper Grosvenor Street, número ciento cuatro, llevando a su cuidado un niño varón en un cochecito de ruedas. Nunca volvió. Unas semanas más tarde, gracias a las investigaciones de la policía metropolitana, el cochecito fue descubierto a medianoche en un escondido rincón de Bayswater. Contenía el manuscrito de una novela en tres tomos de un sentimentalismo más vulgar de lo corriente. (*La institutriz se estremece presa de involuntaria indignación.*) Pero el niño no estaba allí. (*Todos miran a la SEÑORITA PRISM.*) ¡Prism! ¿Dónde está el niño? (*Pausa.*)

SRTA. PRISM

Lady Bracknell, admito avergonzada que no lo sé. ¡Qué más quisiera yo! Lo ocurrido fue esto: por la mañana del día que ha mencionado usted, y un día que quedó grabado para siempre en mi memoria, me preparé a llevar, como era mi costumbre, al niño en el cochecito. También llevé conmigo un viejo y grande bolso de mano en el que creí meter el manuscrito de una novela que escribí en mis horas libres. En un momento de abstracción mental, el cual no me perdonaré nunca, puse la novela en el cochecito y el niño en el bolso de mano.

JOHN

(*Que ha estado escuchando atentamente.*) Pero ¿dónde depositó usted el bolso de mano?

SRTA. PRISM

No me pregunte eso, señor Worthing.

JOHN

Señorita Prism, éste es un asunto de gran importancia para mí. Insisto en saber dónde depositó usted el bolso de mano que contenía el niño.

SRTA. PRISM

Lo dejé en el guardarropa de una de las más grandes estaciones de ferrocarril de Londres.

JOHN

¿Qué estación?

SRTA. PRISM

(*Con gran desolación.*) En Victoria. Línea de Brighton. (*Se derrumba en una silla.*)

JOHN

Debo retirarme un momento a mi habitación. Gwendolen, espéreme aquí.

GWENDOLEN

Si no tarda mucho, le esperaré aquí toda mi vida. (*Se va JOHN muy nervioso.*)

CHAUSABLE

¿Qué cree usted que significa esto, lady Bracknell?

LADY BRACKNELL

No quiero imaginarlo, doctor Chausable. No necesito decirle que en las familias de elevada posición no están bien vistas las coincidencias extrañas. (*Arriba se oyen ruidos, como si alguien estuviera tirando objetos. Todos miran al techo.*)

CECILY

El tío John parece muy agitado.

CHAUSABLE

Su tutor tiene un carácter muy vivo.

LADY BRACKNELL

Este ruido es muy desagradable. Parece como si hubiera encontrado un argumento. No me gustan los argumentos, sean de la clase que sean. Siempre son vulgares, y casi siempre convincentes.

CHAUSABLE

(*Mirando hacia arriba.*) Ahora se ha detenido. (*Ha dejado de oírse el ruido.*)

LADY BRACKNELL

Me gustaría que hubiese llegado a alguna conclusión.

GWENDOLEN

Esta incertidumbre es terrible. Espero que terminará. (*Entra JOHN trayendo un bolso de mano de cuero negro.*)

JOHN

(*Abalanzándose a la SEÑORITA PRISM.*) ¿Es éste el bolso de mano, señorita Prism? Examínelo cuidadosamente antes de hablar. La felicidad de más de una vida depende de su contestación.

SRTA. PRISM

(*Calmosamente.*) Parece ser el mío. Sí, aquí está la rozadura que sufrió al volcar un autobús en Gower Street. Aquí está la mancha que causó la explosión de un termo, accidente que ocurrió en Leamington. Y aquí, en el cierre, están mis iniciales. Había olvidado que tuve el capricho de grabarlas. El bolso es sin duda el mío. Me alegro de haberlo recuperado tan inesperadamente. Su pérdida ha sido un gran inconveniente durante todos estos años.

JOHN

(*Con voz patética.*) Señorita Prism, ha recuperado

algo más que ese bolso de mano. Yo era el niño que usted metió en él.

SRTA. PRISM

(*Asombrada.*) ¿Usted?

JOHN

¡Sí..., madre! (*La abraza.*)

SRTA. PRISM

(*Retrocediendo con indignado asombro.*) ¡Señor Worthing, yo soy soltera!

JOHN

¡Soltera! No niego que es un serio golpe. Pero después de todo, ¿quién tiene derecho a arrojar una piedra contra el que ha sufrido? ¿No puede el arrepentimiento borrar un acto de locura? ¿Por qué tiene que haber una ley para los hombres y otra para las mujeres? Madre, yo te perdono. (*Intenta abrazarla otra vez.*)

SRTA. PRISM

(*Aún más indignada.*) Señor Worthing, hay un error. (*Señalando a LADY BRACKNELL.*) Aquí está la mujer que puede decirle quién es usted realmente.

JOHN

(*Después de una pausa.*) Lady Bracknell, no me gusta ser curioso, pero ¿tendría usted la amabilidad de decirme quién soy?

LADY BRACKNELL

Temo que las noticias que voy a darle no le agraden del todo. Usted es el hijo de mi pobre hermana, la señora Moncrieff, y como consecuencia hermano mayor de Algernon.

JOHN

¡Hermano mayor de Algy! Entonces, después de todo, tengo un hermano. ¡Sabía que tenía un hermano! ¡Siempre dije que tenía un hermano! Cecily..., ¿cómo pudiste dudar de que yo tenía un hermano? (*Toma la mano de ALGERNON.*) Doctor Chausable, mi infortunado hermano. Señorita Prism, mi infortunado hermano. Algy, joven sinvergüenza, tendrás que tratarme con más respeto en el futuro. Nunca me has tratado como a un hermano en toda tu vida.

ALGERNON

Bueno, muchacho, hasta hoy admito que no.Lo hice lo mejor que pude; sin embargo, me faltaba práctica. (*Se estrechan los brazos.*)

GWENDOLEN

(*A JOHN.*) ¡Cariño! Pero ¿quién es usted? ¿Cuál es su nombre ahora que es otra persona?

JOHN

¡Cielo santo! Había olvidado por completo ese punto. Supongo que su decisión sobre el asunto de mi nombre es irrevocable, ¿verdad?

GWENDOLEN

Yo nunca cambio, excepto en mis afectos.

CECILY

¡Qué carácter tan noble tiene usted, Gwendolen!

JOHN

Entonces la cuestión debe ser aclarada inmediatamente. Un momento, tía Augusta. Cuando la señorita Prism me dejó en el bolso de mano, ¿había sido ya bautizado?

LADY BRACKNELL

Todo el lujo que el dinero puede comprar, incluido el bautismo, fue derrochado con usted por sus cariñosos padres.

JOHN

¡Entonces estaba ya bautizado! Eso está comprobado. Ahora ¿qué nombre me dieron? Dígamelo, aunque sea un golpe para mí.

LADY BRACKNELL

Siendo el hijo mayor es natural que le bautizasen con el nombre de su padre.

JOHN

(*Irritado.*) Sí, pero ¿cuál era el nombre de mi padre?

LADY BRACKNELL

(*Pensativamente.*) No puedo acordarme en este momento del nombre del general. Pero no hay duda de que tenía uno. Era un excéntrico, lo admito. Pero sólo los últimos años. Eso fue a causa del clima de India, del matrimonio, de una indigestión y de otras cosas por el estilo.

JOHN

¡Algy! ¿No puedes recordar cuál era el nombre de nuestro padre?

ALGERNON

Nunca hablamos ni una palabra. Murió cuando yo tenía un año.

JOHN

Su nombre supongo que aparecerá en los anuarios del ejército de la época, ¿verdad, tía Augusta?

LADY BRACKNELL

El general era ante todo un hombre de paz, excepto en su vida doméstica. Pero no hay duda de que su nombre aparecerá en alguno de esos anuarios.

JOHN

Tengo aquí los de los últimos cuarenta años. Estos deliciosos libros debían haber sido objeto de mi constante estudio. (*Va hacia la librería y saca unos libros.*) "M." Generales... Mallan, Maxbohm, Magley... ¡Qué nombres tan horribles tienen!... Markby, Migsby, Mobbs, ¡Moncrieff! Teniente en mil ochocientos cuarenta, capitán, teniente coronel, coronel, general en mil ochocientos sesenta y nueve; nombre de pila, Ernesto John. (*Pone el libro en el estante con mucha tranquilidad y habla calmosamente.*) Siempre se lo dije, Gwendolen: mi nombre es Ernesto. Bueno, es Ernesto, después de todo. Quiero decir que es Ernesto, naturalmente.

LADY BRACKNELL

Sí, ahora recuerdo que el general se llamaba Ernesto. Sabía que tenía que haber una razón especial para que su nombre no me gustara.

GWENDOLIN

¡Ernesto! ¡Mi Ernesto! ¡Sentí desde el primer momento que no podía tener otro nombre!

JOHN

Gwendolen es una cosa terrible para un hombre saber de repente que en toda su vida no ha dicho más que la verdad. ¿Puedes perdonarme?

GWENDOLEN
Puedo. Porque estoy segura de que cambiarás.

JOHN
¡Vida mía!

CHAUSABLE
(A la SEÑORITA PRISM.) ¡Leticia! (*La abraza.*)

SRTA. PRISM
(*Entusiasmada.)* ¡Frederick! ¡Al fin!

ALGERNON
¡Cecily! (*La abraza.*) ¡Al fin!

JOHN
¡Gwendolen! (*La abraza.*) ¡Al fin!

LADY BRACKNELL
Sobrino mío, me parece que empiezas a dar muestras de trivialidad.

JOHN
Al contrario, tía Augusta; me he dado cuenta por vez primera en mi vida de la vital importancia de ser un hombre serio.

TÍTULOS PUBLICADOS

Alcalde de Zalamea, El	Calderón de la Barca
Amada, inmóvil y otros poemas	Amado Nervo
Amor y otras pasiones, El	Arthur Schopenhauer
Anticristo, El	Friedrich Nietzsche
Antígona	Sófocles
Antología	Rubén Darío
Antología de la poesía hispanoamericana	J. M. Gómez Luave
Arte de amar, El	Ovidio
Así habló Zaratustra	Friedrich Nietzsche
Avaro, El	Molière
Azul	Rubén Darío
Banquete, El	Platón
Bucólicas (compendio)	Virgilio
Burlador de Sevilla, El	Tirso de Molina
Cabaña del Tío Tom, La	H. B. Stowe
Cantar de Roldán, El	Anónimo
Cántico espiritual y otros poemas	San Juan de la Cruz
Capital, El	E. Marx
Carmen	Próspero Mérimée
Cartas desde mi molino	Alphonse Daudet
Cartas marruecas	José de Cadalso
Cartas persas	Montesquieu
Casa de muñecas	Henri Ibsen
Celestina, La	Fernando de Rojas
Conde Lucanor, El	Don Juan Manuel
Condenado por desconfiado, El	Tirso de Molina
Contrato social, El	J.-J. Rousseau
Coplas a la Muerte de su padre	Jorge Manrique
Corazón	Edmundo D'Amicis
Crimen y castigo (adaptación)	F. Dostoilski
Criterio, El	Jaime Balmes
Cuentos	Antón Chejov
Cuentos	Jean de la Fontaine
Cuentos	Joseph Conrad
Cuentos	Edgar Allan Poe
Cuento de Navidad	Charles Dickens
Cuentos de la Alhambra	Washington Irving
Dama duende, La	Calderón de la Barca
Diablo cojuelo, El	Luis Vélez de Guevara
Diálogos	Platón
Discurso del método, El	René Descartes
Divina comedia, La	Dante Alighieri
Discurso sobre las ciencias y las artes	J.-J. Rousseau
Discurso sobre el origen de la desigualdad entre los hombres	J.-J. Rousseau
Don Juan Tenorio	José Zorrilla
Don Álvaro o la fuerza del sino	Duque de Rivas
Doña Perfecta	Benito Pérez Galdós
Dorotea, La	Lope de Vega
Ecce Homo	Friedrich Nietzsche
Edipo rey	Sófocles

Electra	Sófocles
Eneida, La	Virgilio
Enemigo del pueblo, El	H. Ibsen
Enfermo imaginario, El	Molière
Ensayo sobre el gobierno civil	John Locke
Epistolario inglés	Francois Arouet Voltaire
Escarabajo de oro y otros relatos, El	Edgar Allan Poe
Estudiante de Salamanca, El	José de Espronceda
Ética	Aristóteles
Eugenia Grandet	Honoré de Balzac
Fábulas	F. M Samaniego
Fábulas de la antigua China	AA VV
Fábulas literarias	Tomás de Iriarte
Familia Alvareda, La	Fernán Caballero
Fausto	J. W. Goethe
Fuenteovejuna	Lope de Vega
Follas Novas	Rosalía de Castro
Galatea, La	Miguel Cervantes
Gaya ciencia, La	Friedrich Nietzsche
Genio alegre, El	Hermanos Álvarez Quintero
Gitanilla, La	Miguel de Cervantes
Gloria	Benito Pérez Galdós
Grandeza y decadencia de los romanos	Montesquieu
Hamlet	William Shakespeare
Hermanos Karamazov, Los	Dostoieski
Hojas de hierba	Walt Whitman
Ilíada, La	Homero
Ilustre Fregona y otros, La	Miguel de Cervantes
Importancia de llamarse Ernesto, La	Oscar Wilde
Introducción a la ciencia marxista	F. Engels
Inquisición en España, La	J. A. Llorente
Jardín del Profeta, El La procesión	G Jalil Gibrán
Jesús, el Hijo del Hombre	G Jalil Gibrán
Jugador, El	Fiodor M. Dostoievski
Lazarillo de Tormes, El	Anónimo
Libertad, La	Shopenhauwer
Libro de Buen Amor, El	Arcipreste de Hita
Llamada de la selva, La	Jack London
Loco, El	G. Jalil Gibrán
Macbeth	William Shakespeare
Madame Bovary	Gustave Flaubert
Mandrágora, La	Maquiavelo
Manifiesto Comunista, El	K. Marx y F. Engels
María	Isaac
Marianela	Benito Pérez Galdós
Martín Fierro	José Hernández
Más allá del bien y del mal	Friedrich Nietzsche
Medea	Séneca
Mejor alcalde, el rey, El	Lope de Vega
Mercader de Venecia, El	William Shakespeare
Meditaciones metafísicas	René Descartes
Metamorfosis, La	Frank Kafka
Miau	Benito Pérez Galdós
Milagros de Nuestra Señora	Gonzalo de Berceo
Misericordia	Benito Pérez Galdós
Muerte de Iván Ilich	León Tolstoi
Mujercitas	L. M. Alcott
Moby Dick	H. Melville

Moradas, Las	Santa Teresa de Jesus
Nacionalidades, Las	F. Pi y Margall
Naná	E. Zola
Narraciones	Jack London
Narraciones de un cazador	I. Turgeniev
Nazarín	Benito Pérez Galdós
Novelas ejemplares (selección)	Miguel de Cervantes
Nuestra Señora de París	Víctor Hugo
Oasis	José Ángel Buesa
Odisea, La	Homero
Origen de las especies, El	Charles Darwin
Orillas del Sar, En las	Rosalía de Castro
Otelo	William Shakespeare
Papá Goriot	Honoré de Balzac
Paraíso perdido, El	John Milton
Peñas arriba	José María de Pereda
Pazos de Ulloa, Los	Emilia Pardo Bazán
Pepita Jiménez	Juan Valera
Perfecta casada, La	Fray Luis de León
Poema de Mío Cid	Anónimo
Poemas	Francisco de Quevedo
Poesía	Sor Juana Inés de la Cruz
Poesias	Fray Luis de León
Poesías	J. M. Gabriel y Galán
Poesías	Lord Byron
Poesías Castellanas	Garcilaso de la Vega
Política, La	Aristóteles
Príncipe, El	Nicolás Maquiavelo
Principios elementales y fundamentales de filosofía	Georges Politzer
Proceso, El	Frank Kafka
Profeta, El	G. Jalil Gibrán
¿Qué es el arte?	León Tolstoi
Quijote, El (compendio)	Miguel de Cervantes
Relatos	J. Conrad
Retrato de Dorián Gray, El	Oscar Wilde
Rey Lear, El	William Shakespeare
Rimas y leyendas	G. Adolfo Bécquer
Rojo y Negro, El (adaptación)	Stendhal
Romancero	Anónimo
Romeo y Julieta	William Shakespeare
Sí de las niñas, El	L. Fernández de Moratín
Soledades	Luis de Góngora
Sombrero de tres picos, El	Pedro Antonio Alarcón
Sufrimientos del joven Weither, Los	J. W. Goethe
Tao Te Ching	Lao Tsé
Tartufo	Molière
Tormento	Benito Pérez Galdós
Traidor, incofeso y mártir	Jose de Zorilla
Tragedias completas	Sófocles
Tres Mosqueteros, Los	Alejandro Dumas
Último abencerraje, El. Atala	Chateaubriand
Vagabundo, El	G. Jalil Gibrán
Vida del Buscón, La	Francisco de Quevedo
Vida es sueño, La	Calderón de la Barca
Vidas paralelas	Plutarco
Washington Square	Henry James

CPSIA information can be obtained at www.ICGtesting.com
Printed in the USA
LVOW07s2128040514

384418LV00001B/143/A